GCN文庫
2
レベル1から始まる
召喚無双
～俺だけ使える裏ダンジョンで、全ての転生者をぶっちぎる～
白石新
ILL. 夕薙

飯《いい》島《じま》恵《めぐみ》
「……これは？」
俺に手渡された写真には
病室で眠る
妹の姿があったのだ。

篠塚香織《しのづかかおり》
「東京都内
大黒寺病院‥三〇二号室。
その写真は現時点での
彼女を写したものだ」

「ひょっとして
四百年前から
生きるという……
北の魔女？」

大賢者イザベラ

「鬼ごっこは
ここで終わりかい、
シノブ君？」
水《み》鏡《かがみ》達《たつ》也《や》

CONTENTS

レベル1から始まる召喚無双
～俺だけ使える裏ダンジョンで、全ての転生者をぶっちぎる～ ②

著：白石新
イラスト：夕薙

GCN文庫

第一幕　ゲームクリアーの条件

「絶体絶命だけど――さあ、どうしようか、飯島《いいじま》君？」

ニヤリと笑う水色の髪の女。

俺は努めて平静を装ってこう応じた。

「俺を見つけ次第に殺せっていうのは物騒な話ですね」

さて、これは困った。

義父のせいかどうかは分からんが、ともかく俺は転生者たちの間では非常に扱いが良くないらしい。

なんせ、見つけ次第に殺せって話だからな。

――相手はレベル99が五人、レベル70以上が七人。

猛者たちに取り囲まれている状況に、俺はゴクリと息を呑んだ。

他の転生者に対して俺が持っている利点は、新イベントダンジョン：理想都市――十三階段での特典を得ていること。

具体的に言えば、配下の召喚獣の性能を一・七倍にアップさせる神威解放《しんいかいほう》のスキルだ。

システム上、同時召喚可能な人数は四体。

こちらの最終兵器のアマテラスについては、まだ召喚条件は未達となっている。

と、なると、ガブリエル、ツクヨミ、現在召喚中のケルベロスは置いといて、他に呼ぶのはバハムート辺りか。

このメンツのステータスが一・七倍になるなら……。

いや、それでも俺のレベルは83だ。

一方的にやられる展開は考えにくい。が、それでも人数差もあるし、やられてしまう可能性もなきにしもあらず。

それに何よりアリスもいる現状、ここで戦うのはやはり不味《まず》いな。

人質に取られでもしたら、目も当てられない。

と、なると、逃げの一手が一番無難に見える。

が、アリスの護衛をしながらこれだけの手練れを損害なしで逃げ切るだと？

少し考えただけで、それはもう無理臭いのは分かる。

いや……違うか？

そこで俺はハッと頭の中に、閃きが走ったことに気が付いた。

――大丈夫だ。

どんな状態でも、全員が確実に無傷で逃げる方法がある。

アレを使えば、それは簡単に可能。

そうであれば、とりあえずはここで情報を引き出しておこうか。

「それで……何が狙いだ？　話があるんだろう？」

口調を変えて、少しだけ高圧的に出てみる。

すると水色の髪の女は驚いたような表情を作った。

「話がある？　どうしてそう思うのだ？　私は神人会議で、君を見つけ次第殺すことになったと説明したはずだが」

「殺す気なら、名乗る必要もないし、戦力を誇示する必要もないはずだ。こっちが警戒する前に不意打ちで一気に仕掛けるのが常道――少なくとも俺ならそうする」

言葉通り、こいつ等がやりたいことは戦闘じゃなくて話し合いのはずだ。

口調を変えたのもこのためで、下手に出るのは不味い。

舐《な》められると相手は更に踏み込んできて、こっちがどんどんやり込められてしまうだろう。

「ほう、なるほど状況を良く分かっているようだ。その辺りは狡猾《こうかつ》な今林《いまばやし》さんに似ているとも言える」

「アレは義理の父ってだけで、生みの親でも育ての親でもねーよ」

そう言うと、水色の女はペコリと頭を下げてきた。

「……どうしたんだ？」

「謝罪しよう。どうやら君は正しくこの世界のルールを理解しているようだからね」

「ルール？」

怪訝に思ってそう尋ねると、水色の女は大きく頷いた。

「転生者同士の揉め事は殺し合いに発展することもあるからな。特に君は今林さんのお気に入りだ。もしも状況が把握できていないお花畑の状態なら、この場で無理やりに保護することも視野に入れていた」

保護？

と、そこで俺は小首を傾げた。

「結論から言うと、神人会議では私は変わり者で通っている。五人のグランドギルドマスターの中で唯一、君の殺害に反対票を入れたしな」

「……そりゃあどうも」

イマイチ話が読めていないのが顔に出ていたらしい。

俺の様子を見て、水色の髪の女はクスリと笑った。

「君が承知しているかどうかは知らないが、この世界で転生者は無茶苦茶をしている」

「ああ、おかげさまで神殺しとかいう現地の人間に俺も襲われた。お前らが相当悪辣なことをしてなければ、ああはならなかっただろうな」

「現地人がデータだけの存在か否かは議論があるところだが……。少なくとも私には彼らが命ある人間に見える。故に、その人権は保障されるべきだと思うのだよ。まあ、こんなことを言っているから変わり者で通っているのだが」

この人はどうやら転生者の集団も、一枚岩ではないということを言いたいようだ。

さて、はたして詐欺師の類か……あるいは、言葉通りにまともな人間なのか。

ともかく、判断をするにも材料が絶望的に足りないな。

「で、結局はどういうことなんだ？」

「君には私たちのギルドに所属してもらいたい。互いにメリットがある話だ」

「……メリット？」

「色々あるが、概ね二つの利点を提供できると考えている」

二本指を立たせて、水色の髪の女は言葉を続けた。

「これから君に参加してもらいたいギルドクエスト、その景品の一つはログアウトチケットとなっている」

「……ログアウトチケット?」

そう尋ねると、水色の髪の女は大きく頷《うなず》いた。

「それが、我々の考えているこのゲームの条件だ」

「ゲームクリア……だと?」

「そしてもう一つのメリットは今林さんからの君の保護。更にオマケをつけるとするならば……そうだな、それは君の妹の話だ。現在、脳挫傷で入院中となっているその詳細を伝えることができる」

それだけ聞いて、俺はノータイムでこう言った。

「詳しく聞かせろ。何故、アンタが恵《めぐみ》の病状を知っている?」

俺ですらマンションから一緒に落ちたということしか知らない。

恵の現在の場所については、ゲームのフレンドシステムで他の人間も病院にいることは分かっているはずだ。

が、それでも脳挫傷という、転落事故であり得る状況までは絶対に辿り着けない。

「私の名前は篠塚《しのづか》香織《かおり》。詳しく聞きたいならギルドマスター室へ来い。紅茶の用意をさせよう」

そう言って、水色の髪の女は真意の掴めない微笑を浮かべたのだった。

†

「論より証拠だな。まずは君の妹の現状に関する資料を提示したい」

そう言って香織さんがギルドの宝物倉庫に向かった後、俺はギルドマスター室で紅茶を啜《すす》っていた。

ギルドマスター室は和洋折衷……というのは、ちょっと違うか。

基本の内装はソファーにテーブルの応接セット、後は執務机に赤絨毯《じゅうたん》。

まあ、豪華な内装でギルドマスター室と言われれば「はいそうですか」という感じだ。

ただ、壁には日本刀が飾られていたり虎の掛け軸があったりする。

そこについては、確かな和の要素を感じることができるな。

ちなみに香織さんは江戸時代から続く剣道一家ということで、坂本龍馬《さかもとりょうま》も通っていた千葉道場の流れを汲む家系らしい。

自宅に日本刀が飾られていたことから、何となくこのスタイルが落ちつくのだそうな。

「あ、シノブ様。この紅茶美味しいですよ！」

と、嬉しそうに耳をぴょこぴょこしているのは隣に座るアリスだ。

「待てアリス！　毒が入ってるかもしれないから鑑定魔法を――っ！」

慌ててそう言うと、アリスは「はてな？」と小首を傾げてこう言った。

「獣人は鼻が利きますから、毒が入ってるかどうかくらいは分かりますよ？」

何を当たり前のことをという風に言われたので、俺も思わず頷いてしまう。

「……そうなの？」

ああ、でも、そういえばそういう種族設定もあったような気がする。

それでも毒が入っている可能性は否定できない。

一応、テーブルの紅茶とクッキーに鑑定魔法を行使しておこう。

良し、どうやら毒は入ってなさそうだ。

そこで俺は椅子の下で、お座りの姿勢をしているケルベロスの姿を発見した。

ちなみに、今は前回全力を出した関係で、人型も魔獣形態も保てずに、小さい黒犬の状態となっている。

それはさておき、尻尾を振っているので、どうやらケルベロスはクッキーが食べたいらしいな。

「あ、ケルベロスさんも食べたいんですか？」

「俺は武人。菓子などは軟弱な者が食べるものだ」

「え？　本当に要らないんですか？」

アリスがひょいっとクッキーをつまんで、ケルベロスの頭上で振り子のように左右に動かす。

するると、猫じゃらしの軌道を追う猫のように、ケルベロスは首を大きく振りながらクッキーを目で追いかけて――


「ワンッ！」


飛び上がったケルベロスはクッキーにかぶりついた。

バリ、ボリ、ハグッ、ハグッ。

そんな感じの咀嚼音《そしゃくおん》が聞こえてきたが、俺は横を向いて意地悪く笑うアリスの顔を見逃さなかった。

「ケルベロスさん？　もっとありますが？」

「今のはただの条件反射だ。思わず飛びついてしまったが、新しいのは要らない……ワンッ！」

新しいクッキーをアリスがケルベロスの頭上にもっていったところで、先ほどのリピートが起きた。

っていうか、なんか仲良いなこいつら。

ケルベロスも魔獣で、アリスも獣人なので実はこいつらは通じ合うところがあるのかもしれない。

っていうか、ケルベロスは甘党なんだから、変な意地張らなきゃ良いのにな。

「ケルベロスさん、紅茶もありますよ！」

「砂糖とミルクがないなら頂こう……」

アリスが紅茶のカップをテーブルに用意して、その後にケルベロスを抱き上げる。

まあ、座っているアリスの膝の上にケルベロスがいるような状態だ。

はてさて、子犬の状態でどうやって飲むのだろう？　めっちゃ熱そうだけど……。

そんなことを思いながら観察していると、ケルベロスは湯気の沸き立つ紅茶のカップに舌を伸ばして――

「キャインッ！」

やっぱり熱かったようだ。

で、それを見てアリスがやっぱり意地悪い顔で笑いをこらえている。

っていうか、本当に仲良いなこいつ等。

まあ、俺としてもイケメンバージョンのケルベロスは……何というか非の打ちどころがない武人タイプなのでとっつきにくい。

なので、アリスに手玉に取られているようなワンワン状態の一面があると知れて、わりかしこれは嬉しい発見だ。

と、そんな感じで俺たちはほっこりしていたんだが、その時、ソファーの対面にスキンヘッドの男がドカリと座り込んだ。

タンクトップ姿で筋骨は隆々。

この部屋に来た時からドア付近には、レベル99のギルド員が三人ほど控えていたんだが、こいつはその中の一人だな。

で、座るや否や、俺を睨《にら》みつけてきた。

「ハッキリ言うが、私は君が気に食わなくてね。君を殺すなという香織さんの意見にも反対だ」

その言葉でアリスは凍り付いた。

そして、戦闘の香りを感じたのか瞬時にケルベロスが臨戦態勢に入る。

つっても、ステータス的にはケルベロスはレベル30程度。

もし戦うにしても、アリスの逃走補助くらいにしか役に立たない。

この点についてはケルベロスも重々承知のようだ。その証拠に、周囲を見渡して逃走経路の確認をしている。

本人的にはＴＨＥ・武人な性格なので逃走は不本意だろう。けど、この辺りは流石《さすが》に百戦錬磨の地獄の番犬の判断だ。

冷静に状況を見極めてくれている。

「しかし、気に食わないとはこれまた……いきなりな話ですね」

相手の出方が分からない以上、仕方がない。

このくらいの当たり障りのない言葉で様子を窺おう。

「ラヴィータ皇国の宮廷を牛耳る《タイガーズアイ》。聖教会を牛耳る《龍の咆哮《ほうこう》》。辺境連合を牛耳る《天翔《てんしょう》》。そして、冒険者ギルドを牛耳る我々《暁の旅団》」

「それと商業連合を牛耳る《憂国の獅子》でしたか？」

「私は今林さんをグランドギルドマスターに置く、その商業連合《憂国の獅子》に、一時期身を寄せていたことがあってね」

ピクリと自身の眉が動いたのが分かった。

あのクソ野郎……。

いつの間にか有力ギルドを牛耳るレベルにまでなってやがったのか。

「しかし、あの男がグランドギルドマスターですか？　アレって……ほとんど性格破綻者でしょう？」

「そのとおりだな。だが、あの人は金を持っているのだよ。それでみんな従っている」

「……金？　この世界では圧倒的強者である転生者の貴方なら、金なんて稼ごうと思えばどうとでもなるでしょう？　それこそ使い切れないくらいに」

そう尋ねると、スキンヘッドの男はニヤリと笑った。

「斎藤《さいとう》だ」

「え？」

「私の名前は斎藤だ。貴方ではなく斎藤さんと呼びなさい」

っていうか、何かさっきからすっごい上から目線だな。

最初から喧嘩《けんか》売ってる感じだったし、本当にどういうつもりなんだろうか。

「ああ、それは申し訳ありません斎藤さん。で、どういうことなんですか？」

「今林さんは都心の一等地の大地主だからな。日本円で数百億円の資産があると聞いているが……やはり事実なのか？」

「数百億円かは知りませんが、とんでもない金持ちなのは間違いないですね。でも、それは日本での話であって、この世界で日本円なんて……」

そこまで言って、俺は自分の馬鹿さ加減に気が付いて「グッ」と息を呑んだ。

さっき香織さんが言っていたように、このゲーム内転生に帰還の方途があるとするのであれば――

──日本円でのリアルトレードは可能だ。

それはゲーム内通貨やゲーム内資産にかかわらず、日本円で仕事を依頼することも含まれるだろう。

「ですけど、あの男が金持ちだなんて……そんなの嘘をついてるだけかもしれないでしょう？　そりゃあ、俺はあいつが金持ちだって知ってますけど、どうしてみんな信じたんです？」

「大東都銀行の営業部長と、不動産屋もこの世界に転生してきていてね。今ではあの人が富豪だと信じない奴は誰もいないよ」

くっそ……悪運の強い奴だ。

「でも、金持ちだと信じたとしても、ただの口約束でしょ？」

「ゲーム内での約束を守らせるための特殊なアイテムがある。それはログアウト後に効力が出るというアイテムなのだ」

「ログアウト後……？」

「魂に刻まれし血判状という名のアイテムでな。真偽は不明だがゲーム内での約束を違《たが》えると即死魔法の洗礼を受ける……アイテム説明にそう書いてあるから信じるしかない。まあ、そこについては順を追って話をさせてくれ」

しかし、この話が本当だとすると不味いな。

法律の範囲外となってしまったこの世界で、クソ野郎と大金の組み合わせだろ？

転生者の状況はイマイチ分からんが、実際に初期には転生者同士で殺し合いが起きてることは間違いないと思う。

しかも、転生者として最強の力を現地人に好き放題に行使できるっていう状況。

そうなりゃ、倫理のタガが外れている奴も相当数出ているはずで、日本円次第では何でもありになっている可能性も想像に難くない。

くっそ、これだと完全にクソ野郎の都合の良い状況になってるじゃねえか。

「今林さんの性格は中々に苛烈でね。《暁の旅団》で君を受け入れるということは、あの人に敵対することも意味するわけだ」

「……それで？」

「後に香織さんから話を聞くことになるが、こちらにも君を受け入れるメリットはある。が……やはり今林さんとの関係悪化を考えるとな。その意味では、香織さんと意見を対立させ、不満を持つ人間も《暁の旅団》内にもいるわけだ……そう、私のようにね」

そこで一呼吸置いて、斎藤は「やれやれ」とばかりに肩をすくめた。

「それに君自身にも問題がある。君の職業は召喚師だろう？」

「ええ、そのとおりですが」

斎藤から、隠すこともない嘲りの視線を受ける。

召喚師という言葉で、こいつの言いたいことも既に分かっている。

が、ここは敢えて黙って聞いておこう。

「召喚師はソロプレイには向いている。が、絶望的に器用貧乏だ」

まあ、ここについてはおっしゃるとおり。

プレイヤー同士でパーティーを組む場合、前衛盾、前衛アタッカー、バフ・デバフ要員、ヒーラー、魔法攻撃職の五つの役割の割り当てが肝要となる。

ギルド同士での集団戦のような場合でも、やはりこれらの役割を持った者たちで一つの単位……パーティーとして構成される。

「プレイヤー同士でパーティーを組んだ場合は、召喚獣の同時召喚条件は著しく制限される。ソロパーティーで召喚獣だけで固めるにしても、同じレベル枠のプレイヤーパーティーの足下にも及ばないのは知っての通りだ」

そこで、斎藤は右手を突き出し、その肘をテーブルの上に置いた。

「何のつもりですか、斎藤さん？」

「腕相撲だ。まずは君に現状を正しく認識してもらおうと思ってな」

「……腕相撲？」

小首を傾げる俺に、斎藤は醜悪な笑みを更に強めていく。

「今までは一人でこの世界を歩いてきて、中世程度の文明しかもたない未開の原住民相手にさぞかし最強を満喫しただろう。だが、それはただの幻想なのだよ」

未開の原住民という言葉で、アリスがビクリと肩を震わせた。

せっかくアリスは魔法学院で受けていた迫害と、そして森の故郷を失ったトラウマを克服したばっかりだというのに……。

この野郎、アリスのトラウマを抉《えぐ》りやがった。

そうして斎藤は一呼吸置いてから、言葉を続ける。

「本職の近接職の力というものを見せてやる。君の場合はまずそこからだな……そして身の程を知った後、香織さんが来る前に黙って身を引いてここから去るが良い」

「……その場合、俺はどうなるんです？」

「香織さんの後ろ盾がなくなれば、他の転生者に寄ってたかって殺されるだろうな」

「……俺も貴方と同じ人間ですよ？　そんな簡単に殺すとか殺されるとか……おかしいと思わないんですか？」

「《暁の旅団》では禁じられているが、今林さんのところでは逃げまどう原住民どもを殺した経験があるからな。人は生きて、そして死ぬ。そして弱肉強食――その意味を君よりは理解しているつもりだよ」

なるほど、そろそろこいつには敬語は使わなくて良いだろう。

こいつもまた、あいつと同じでクソ野郎ってことで確定だ。

「ちなみにアンタの職業は？」

アンタ？　とばかりに斎藤は露骨に眉をひそめた。

が、すぐに勝ち誇ったような表情を浮かべる。

「重装戦士だ」

ええと、重装戦士か。

確かフルプレートの重装備で、防御を固めて戦斧《せんぷ》を振り回すタイプだな。

スピードや回避能力はゼロ。

だが、その分を筋力と防御力に極振りしているはずだ。

前衛タンクと前衛アタッカーを兼ねそなえたような職業だが、魔法には滅法弱いという性能だったはず。

つまり、腕相撲みたいなことをさせると全職業で一、二位を争うほどに強いわけだ。

さて、どうするか。

ぶっちゃけ、アリスの悲しそうな表情を見ていると腸《はらわた》が煮えくり返ってくる。

それに、こいつはクソ野郎で確定だ。

この手の手合いに舐められたら、後でどんな面倒なことになるかは、火を見るよりも明らかだ。

――なら、派手に行くか。

こちらはアレでいつでも逃げれるのは確定しているし、アリスの身の安全はクリアーできている。

ともかく、こちらはいつでも逃げを打てる。それだけの事実があれば良い。

なので……ここで、神威解放のスキルがこいつら相手にどれほどのアドバンテージがあるかを試すのも悪くはない選択だ。

「で、どうするんだ飯島君？　まさか怖気《おじけ》づいたとでも言うのかな？」

「いいや、構わないぜ」

「さっきから君は……年上に対する口の利き方も知らんのか、やはり君には教育が必要だな」

「生憎《あいにく》と、敬う相手は年齢じゃなくて中身で決めるもんだと思ってるもんでな」

斎藤と同じく、俺もテーブルに肘をつく。

召喚師は、場に出ている召喚獣のステータスの一定割合を、自身に還元するという能力を持っている。

だからこそ味方からのバフを受け付けないのに、その上でもそこそこ戦えるソロ仕様となっているんだ。

無論、本職のバフに比べると、召喚獣のステータスによる上乗せ効果は弱い。

この場でも、斎藤には後ろに控えてるレベル99の誰かがバフを施しているようだし、ましてや相手は本職の筋肉エリートだ。

なので、普通にやっては勝ち目はない。

けれど、神威解放のスキルで味方のステータスが大幅に上昇し、バフの効果が絶大になっていたとすれば？

そう考えると、俺の高揚はとどまるところを知らない。

アガルタ――理想都市への十三階段の一階層で、それこそ死ぬ思いで手に入れたとっておきのスキルだ。


――スキル：神威解放を行使。


そして、俺はこの場にはいないガブリエル、ツクヨミ、バハムートとの魂のリンクを開始した。

スキル検証ということで色々と試したが、こうすることでこの場にいなくとも力を借りることが可能になることは実証済み。

ケルベロスは弱体化しているが、四人合わせてのバフなので大勢に影響はないだろう。

そして、俺と斎藤は肘をテーブルにつけたまま、互いの右手同士を握り合う。

と、その瞬間、斎藤は力任せに俺の手を握ってきた。

「はっ、痩せ我慢か？　このままだと腕相撲の前に骨が砕けるかもしれんぞ？」

確かに凄い力で、万力で締め付けられているみたいな気分になってくる。

が、我慢できない痛みではないということは……つまりは、神威解放が効いている。

「いいや、ところがそれがそうでもない」

「本当に減らず口をたたいてばかりのガキだな。それで、もう始めて良いのかね？」

「ああ、いつでもやってくれ」

その瞬間、斎藤は一気に腕を倒してきた。

と、同時、物凄い速度で俺の手の甲はテーブルに向けて進んでいった。

「はは！　非力なものだね、威勢が良いのは口だけかっ！」

ピタリ。

テーブルに俺の手の甲が着く寸前で、お互いの手が止まった。

「……どういうことだ？」

「見ての通りとしか言えないな」

言葉を受けて、斎藤は瞬時に般若《はんにゃ》のような顔を作る。

斎藤から受ける力は強くなるが、それでも俺の手はそれ以上下がらない。

「くっ……！」

斎藤のタンクトップから見える右手の筋肉が膨張し、ところどころに青筋が浮かび始める。

どうやら、これが斎藤のマックスの力ということだろう。

そして俺もまた右手に八割程度の力を込める。

「ぐっ！　何……っ!?　押し返されて……っ！」

流石に……本職の近接戦闘職業の筋力だな。

現在、力はほとんど互角で、僅かに俺が優勢という程度。

だが、俺は全力を出しちゃいない。

「フンッ！」

全力の解放と同時に、気合いと共に声が漏れる。

強烈な膂力《りょりょく》を乗せた俺の掌が、猛烈な速度で斎藤の右手の甲をテーブルへと叩きつける。

――ズガシャーンッ！

斎藤の手の甲はテーブルを突き破り、そのままその体は弧を描きながら回転。

ドスンと背中から打ち付けられる形で、斎藤は壊れたテーブルを背中に床に這いつくばった。

「お、お、おま……っ！　何、何を……っ！」

「課金アイテム、巨人の薬を使ったんだよ」

一時的に筋力をアップさせる超希少アイテムの名だ。

が、当然俺はそんなものは持っていない。

まあ、こうでも言っておかないと流石に不自然に過ぎるからな。

今はまだ、アガルタ関連の俺のアドバンテージを晒す必要はない。

「巨人の薬っ!?　あんなものをこんなところで使ったのか!?」

大口をあんぐりと開く斎藤。

まあ、実際に巨人の薬をこんなくだらないイザコザで使ったのなら、正気を疑うだろう。

っていうか、俺なら疑う。

「これでも、馬鹿にされるのは好きではない性分でね」

「君は頭がおかしいのか!?」

威圧するように大声を出す斎藤だったが、その表情には若干の恐怖と冷や汗が流れているのを俺は見逃さない。

どうやら、狙い通りに俺についての認識を『生意気なクソガキ』から『舐めてかかるとヤバい奴』程度にはランクアップしてくれたようだ。

と、そこでギルドマスター室の扉がガチャリと開いた。

入ってきたのは香織さんで、彼女はコメカミに青筋を立て、開口一番にこう言った。

「どういう状況だこれは！　斎藤、説明しろっ！」

†

「本当にすまなかった飯島君！　謝罪の意味も込めてとりあえず食べてくれ！」

新しく運ばれてきたテーブルの上には、七面鳥の丸焼きやら白パンやらカレーで煮込んだ牛テールやら。

後は、コショウをたっぷりと使ったラムの骨付き肉だろうか。

この世界では香辛料は貴重なので、控えめに言っても豪華だとしか表現できない料理の数々だった。

ちなみに斎藤については香織さん曰《いわ》く、客人に無礼を働いたのだから後でコッテリと絞っておくとのことだ。

「シノブ様？　これ……食べても良いんですか？」

「食べろと言ってるんだから、食べても良いんじゃないか？」

俺が言い終える前に、アリスは骨付き肉にかぶりついていた。

「はぐっ、はぐっ、ぱくっ、ぱくっ、パクパクパクパクッ！」

前から思っていたが、この娘の食欲は凄い。

まあ、見ているだけでこちらも腹が一杯になってくるような壮絶なものだ。

あと、ケルベロスについてはドッグフードっぽいモノが用意されている。

「俺は武人故……」と、お決まりの断り文句を最初は言ったのだが、今は尻尾を振り振りさせながら、物凄い勢いとカリカリという咀嚼音を立てている。

まあ、ここについてはツッコミを入れてやるのは無粋というか可哀想だろう。

多分、普段は気取っていても、子犬状態では本能には勝てないとかそういう設定なんだろうし……知らんけど。

「アリス、成長期だから腹減ってるのは分かるが、良く噛んで食べろよ」

「あ……はい、ごめんなしゃい！」

あ、噛んじゃった。

それで「てへっ♪」とばかりに笑ってゴマかされてしまうと、俺としては苦笑いせざるを得ない。

「飯島君、君も高校生だろう？　私からすれば君も成長期なのだから、たくさん食べなさい」

「それじゃあ、お言葉に甘えましょうか」

アリスに倣ってラムの骨付き肉をパクリと一口。


——ああ、こりゃ美味い！


お次に牛テール肉カレーを口に運ぶと、思わず俺の頬が緩んでしまった。

口の中に入れるだけで、テール肉がホロホロと崩れて絶品としか言えない。

インドカレーというよりは、日本式のカレーに近い味付けだ。

「ところで妹の恵——」

グラスの水を一口飲んでそう切り出すと、皆まで言うなとばかりに香織さんは俺を掌で制してきた。

そうして彼女はナプキンで口を拭くと、懐から一枚の写真を取り出した。

「それでは本題に入ろうか」

「……これは？」

俺に手渡された写真には病室で眠る妹の姿があったのだ。

「東京都内大黒寺病院：三〇二号室。その写真は現時点での彼女を写したものだ」

香織さんの告げた言葉に、おいおいマジかよと俺は絶句する。

フレンド機能で場所は分かる。

にしても、ここまで具体的なことは俺でも知らない。

この情報がブラフだという可能性もあるにはある。が、流石に今回は写真の現物があるからな。

俺は恵の懐かしい顔をしばし眺めた後――香織さんに尋ねた。

「……どうして知っているんですか？　そもそも何で写真が？」

すると、香織さんは苦虫を噛みつぶしたような表情を作った。

「その答えを君に伝えるのは中々に難しい問題だね」

「と、おっしゃると？」

「端的に言うと、この情報を知っている人間は非常に少ない。五大ギルドマスターくらいの話だと思う」

「思うということは……香織さんにも良く分からない部分があると？」

「なんせ、話の出どころからして訳の分からない存在だからね」

少しの沈黙。

再度、軽く水を飲んでから俺は香織さんに尋ねた。

「つまり、どういうことなんですか？」

身も蓋もないそのままの問いかけだが、こう尋ねるしかないのだから仕方ない。

「話の出どころは水鏡達也《みかがみたつや》。かつて、ラヴィータオンラインのランキング一位であり……医大生かつスポーツ三種目で国体選手だったかな」

「……何ですかそれ？　スーパーマンか何かですか？」

「まあ、実際に凄かったよ。頭も切れるし反射神経も人間技とは思えなかった。だからこそ、彼は初期の殺し合いの時点で一万枚のギルドコインを集め、ログアウトチケットを手に入れゲームのクリアーを達成したのだからね」

「ゲームクリアーってことは、この世界にはもういないってことですよね？　でも、どうしてそんな人が現実世界の……今の時点での写真を……？」

「まあ、君は前提となる部分が何も分からない段階だ。とりあえずはログアウトチケットを獲得するための、ギルドクエストについて説明する必要があるだろう」

サイド：今林歩

——特殊ダンジョン。

——時空の狭間：煉獄。


深く暗い地下へと続く岩肌の洞窟内。

ひんやりとした空気の中、時折上に向かってすれ違う亡者たちを無視し、深く深く洞窟を潜っていく。

ラヴィータの世界の霊峰にある、次元の狭間から三時間は降りただろうか。

ようやく洞窟から出た我々は、煉獄の荒野に降り立った。

そして、煉獄の終着地点であるペテロの門を肉眼で確認できる場所へと辿り着いたのだ。

門から先の世界は現時点ではゲーム的に実装していないが、そんなことはどうでも良い。

重要なのはここには『即死系魔法』しか扱わないレベル99の魔物が存在すること。


——死のエビルアイ。

目玉系の魔物だ。

そして、文字通り即死の魔眼を有する。

が、即死対策のアイテムや装備で身を固めれば、著しくその即死の確率を下げることができる。

そして、即死技しか使ってこない相手の即死を防げるということは――。

極端な話をすればレベル1でも討伐可能で、莫大な経験値を得ることができるということだ。

「早くいけ！　クズがっ！」

遠くに見える死のエビルアイを指さし、俺は根性なしのグズの背中を勢い良く蹴った。

「ま、待ってください今林さん！」

「待つ？　何をだ？」

「死のエビルアイですよ？　即死ですよ？」

「お前は即死避けの対策で身を固めているだろうに？　俺の側近でレベル99じゃないのはお前だけだぞ？」

「いや、でも……即死ですよ!?　奴のスキルで死なない可能性はゼロじゃないんですよ!?」

「0．0001%だ。これが何の確率か分かるか？」

「今の私が死のエビルアイに、魔眼のスキルを受けて死ぬ確率ですよね？」

「そのとおり。一回の戦闘で受けるのはせいぜいが十回ってところかな？　この程度、余裕で潜り抜けられる確率だ」

「でも、私がレベル99になるまで百回以上はアレを倒さないといけないわけで……」

と、そこで俺は再度、グズの背中に蹴りを入れる。

「この方法が経験値稼ぎで一番効率が良いんだよっ！」

「いや、でも……即死ですよっ!?」

「この恐怖を乗り越えてレベリングをやった奴がいるのはお前も知ってるだろ？　あとはお前だけなんだよ！」

半泣きになりながら、グズは懇願するように土下座を始めた。

「いや、でも……それでも、私という人間は臆病なんですよっ！」

「お前が臆病かどうかなんて知ったことかっ！　他のギルドを出し抜くためだ！　俺の役に立てっ！」

土下座した頭の上を足で踏みつけたところで、「ヒィッ！」とグズは悲鳴をあげた。

「良いからやれっ！　やってレベルを上げて、俺の役に立てっ！」

「で、で、で、でもっ！　今林さんならどうするんです!?　逆の立場ならやりますか？

何度でも言いますが即死ですよっ!?」

その言葉で、俺はグズの頭を足でグリグリとやりながら、半笑いでこう言った。

「やるわけないだろっ！　即死だぞっ！」

「だったらこんなこと止めてくださいよ！　それか、私とパーティー組んで一緒にやってくださいよ！　それなら他にもっと安全な方法もありますって！」

「俺はここに来た時からレベル99なんだよ！　やる必要も、お前とパーティー組んでレベリングを手伝ってやる必要もないんだよ！　僅かとは言えリスクがあるだろうが！」

「で、でも、他のギルドでは強制レベリングなんて聞いたことないですよ!?」

「そりゃあ、どれだけ安全マージンを取っても死ぬときゃ死ぬからな。一定以上レベル差が開いてたら、この世界では経験値を貰えないって言うクソシステムのせいで……どいつもこいつも戦闘を避ける臆病者ばかりだ」

そう言うと、恐怖のあまりにグズは泣き出し始めてしまった。

土下座の体勢のままで、すすり泣く大の男。

そのあまりの情けない光景に、俺は思わず笑ってしまった。

もう少しだけネチネチとイジメようと思ったが、上機嫌になってしまったので仕方ない。

「どうしようもない奴だな。許してやろう」

そう言って、俺は頭の上の足をどけてやる。

するると、希望に満ちた表情と共にグズが顔を上げてきた。

「ほ、本当ですか今林さん!?」

「ああ。これ以上ネチネチとイジメるのは止めてやる」

「ありがとうございます！　ありがとうございます！　即死だけは……即死だけは本当に無理ですから！」

と、そこで俺は「はてな？」と小首を傾げる。

すると、グズも「はてな？」と小首を傾げ返してきた。

「いや、死のエビルアイの討伐はソロでやっておけよ？　今回のノルマはレベル5アップだからな？」

その言葉で、グズの表情が瞬時に凍り付く。

「許してやるって……言ったじゃないですかァ……」

「許してやるのは土下座と踏みつけのことだよ。甘えるんじゃない」

「そ、そんな……」

そうして俺は後ろ手を振り、レベル99のメンバー十人を引き連れて、ペテロの門へと歩き始めた。

「俺らが帰ってくるまでに作業を終えていないと、お前も狩ってコインにするからな」

†

グズを背中にして、ペトロの門へと歩くこと数分。

と、そこで隣を歩く村山《むらやま》が話しかけてきた。

「今林さんも相変わらず無茶苦茶ですね」

「無茶？　何がだ？」

そう答えると、村山は苦笑という感じでクスッと笑った。

「レベリングですよ。今年に入ってからもう五人も死んでるんですよ？」

「低レベル枠のクズを強制的に鍛えるには、この方法しかないんだから仕方ないだろう？」

俺の回答に村山は「やれやれ」と肩をすくめる。

「しかし、今林さんも良く気が付きましたね」

「ん？　アイテムボックスのことか？」

「ええ、そのとおり。こんな無茶なやり方……普通なら他の五大ギルドマスターに戦力増強の不穏な動きを感づかれて、下手すれば戦争ですよ。死亡者くらい連中もリストで確認してるでしょうし」

まあ、それについてはその通りだ。

俺たちがやっていることは、来るべき大規模アップデート：アガルタイベントに備えての下準備。

他にも別口で対策を整えてはいる。

が、戦力の超上昇が見込めるアガルタについては、何としてでも俺の手で最初に掌握する必要があるからな。

アガルタを独占するものは転生者を制する。そして、転生者を制する者は世界を制するのだ。

「ゲーム内での死亡者としてカウントされるのが、死亡日の夜：十二時ということには色んな人間が気づいているだろう」

「でも、そこから先の裏のルールに気づいているのは今林さんだけですからね」

「まあ、正直な話をすると、そこから先は運良く……気づくことができたというだけの話だがな」

「いやはや、まさか、死体をアイテムボックスに入れることで、システム上では死亡とカウントされないとはね」

「アイテムボックスには生物を入れることは叶わないが、動物肉なら入る。そして……アイテムボックス内の肉は腐ることはない。そこでピンときたんだよ」

「つまりは、時が止まっているって話でしょ？」

「ああ、ひょっとしてと思って使用したら、ドンピシャリ。アイテムボックス内の死体は、フレンドシステムで死亡の捕捉は不可能。まあ、ここは本当に運が良かった」

我ながら本当に運が良かった。

この事実に気づいているのは俺を含めて側近だけだ。

おかげ様で他のギルドを出し抜くのに役に立っている。

大っぴらに部下……いや、戦闘奴隷共がレベリングの弊害で死んでいけば、他のギルドの連中に戦争準備をしていると気づかれてしまうからな。

と、そこで思わず俺はクククと笑ってしまった。

ラヴィータオンラインの世界に転生してきた低レベルのクズどもを、強制レベリングで有効活用できる。このアドバンテージはやはり計り知れない。

「いやいや、運が良いだけじゃないですって。昔、プレイヤーキラーが流行《はや》ってみんながパニックになってる時に、人の死体集めてアレコレ実験してたのは今林さんだけですよ？」

「人がやらないことだからこそ意味がある。そうは思わないか？」

「そりゃあまあそうなんですけど……やっぱりスゲエや。今林さん、マジでぶっ飛んでますね」

心の底からの感心。

そして、心の底からの呆れといった風に村山は何とも言えない表情を作った。

「なあ、村山？」

「何でしょうか、今林さん？」

「俺は思うんだよ。アイテムボックスの抜け道も含め、このゲームはシステムの土台から……プレイヤー同士で争うことを推奨しているとしか思えないんだ」

「それは確かにそうかもしれないですね。ギルドクエストの報酬だって、まともじゃありませんから」

「だから、俺は既に決めているんだ」

「と、おっしゃると？」

「元々、生まれた時から俺は土地持ちの大金持ちだからな」

「ええ、そういう話でしたよね」

「だから、好き勝手に金を使って生きてきた。何故なら、それは俺が生まれ落ちた時に、天が運命として俺にそうしろと言ったからだ」

「……それで？」

「ラヴィータの世界でも、そういう風に生きろと天が運命……システムを用意しているなら、俺はその意思に従い、全力でそういう風に生きようとな」

「……何ともコメントのしづらい発言ですね」

「まあ、つまりは俺は受け身なんだよ。天が全力で俺を愛するなら、俺も全力で愛される……ただそれだけだ」

「いやいや、どこが受け身なんですか！　バリバリ攻めてるじゃないですか！」

と、村山がそう言ったところで、俺たちはペテロの門へと辿り着いた。

荒野にポツンと建造されている、開かれた門。

この先は次元の歪みがあり、壁となっている。

そして、次の階層へ続くはずのそこから先は、暗闇に包まれて何も見えない。

まあ、未実装エリアで何もないんだから、それはそうだ。

このダンジョンに限らず未実装エリアの扱いは、ラヴィータの世界では全てがそうで、ただただ立ち入り不可の虚無が広がっている。

「さて、到着したぞ。村山……この門の秘密を知らないのは、この中ではお前だけだったな？」

「ええ、今日は俺のレベル99の記念に、とっておきを見せてやるって話でしたから」

「レベル99を達成したお前は名実ともに俺の側近の一人だ。ここから先の光景はレベル99――俺が認めた人間しか見ることができない」

「で、この門に何があるんです？」

俺はすっと右手を挙げて、周囲を照らす光魔法を発動させた。

「今林さん、何してるんですか？」

「門の中を照らしているんだ」

「つっても、そこは未実装エリアでしょう？　光で照らしても真っ暗闇だけ——ヒィッ！」

ほとんどの者がそうであったように、ソレを見た瞬間に村山は悲鳴をあげた。

「こ、これは何なんですか今林さん！」

「ギルドコインを集めログアウトチケットを手に入れ、ゲームクリアーのその後——」

そして、俺は光に照らされたソレを見て、ニヤリと笑って言葉を続けた。

「ログアウトした者がどうなるかの答えだ」

サイド：飯島忍

——ギルドクエスト。

それは、それぞれのプレイヤーギルドに所属しているギルド員に、定期的に今後与えられるはずのボーナスクエストのことだ。

「はず」というのには理由がある。

これについては、本格実装はアガルタイベントの大型リニューアル後になるという話。

ただし、現時点でも報酬面などのバランス調整や、ユーザーの反応を見るため初心者ミッション『ギルドに登録しよう！』に連なるクエストとして、試験的に導入されているクエストでもある。

「そのクエストについては俺も知ってますが、それがどうしたんですか？　報酬のギルドコインで貰えるのはスタミナ回復薬やら希少装備やらの……いつものアレですよね？」

怪訝に尋ねる俺に、香織さんは大きく頷いた。

「君の疑問は良く分かる。君は現在、どこのギルドにも所属していないのだから……まあ、見てくれ」

自分のメニュー画面を呼び出すと、香織さんは俺にそれを見るように促した。

するとそこにはギルドクエスト交換所という項目があった。

それで、漫画的な図柄と共に、交換可能な物品の一覧が記載されていたんだ。

「報酬……銃火器ですかコレは？」
・TAC－50　アンチマテリアルライフル：ギルドコイン百枚

・ブローニングM2重機関銃：ギルドコイン百五十枚
・M134ミニガン：ギルドコイン五十枚
他にはM4カービン……ギルドコイン二十枚
これはガトリングガンと……絵柄的にアサルトライフルか？

まあ、銃のことは良く分からんが、ゲーム用に多少アレンジされてるとはいえ、もともとは軍隊で使われるようなものということだけは分かる。

あと、スタングレネードとかもあるな。

「何でこんなものが報酬に？　ゲーム世界の報酬としてはあり得ないでしょう？」

「だからこそギルドコインは異質なんだ。この世界の他のあらゆる事象が、多少の変化こそあれゲーム準拠であることに比べ、明らかにここだけが浮いているだろう？」

「ええ、確かに……浮きまくってますね。でも、やっぱり変です」

「変？　何が変なのだ？」

「まあ、何故に銃が……という話は一旦置いておくとして、俺たちの力って戦車どころじゃなくて大規模破壊ミサイルとかのレベルでしょ？　今更こんなものがあったって……そういう意味でもやっぱりおかしいです」

「まあ待て飯島君。これを見ろ」

香織さんが画面を操作すると、そこには金色に輝く長方形の物体の絵と、その詳細について説明があった。

・純金一kgバー：ギルドコイン千枚
純金の塊。現実世界に持ち帰ることが可能。


俺は金の値段は詳しくないが、確か金って一グラムで数千円はしたんじゃなかろうか？

そうすると……数百万円ってことになるのか？　っていうか――。

「持ち帰ることが……可能？」

「銃火器にしろ、金塊にしろ、ギルドコインで交換できるものには大体その一文が書かれている」

「ちょっと待ってくださいよ、何でこんなものが……」

「私に聞かれても、それは知らん」

と、困惑する俺に応じるように香織さんは「ともかく」と、言葉を続けた。

「最終ページを見てみるが良い」

再度、香織さんはメニューを操作する。

するとそこには次のような項目があったのだ。

・ログアウトチケット及び譁?ｭ怜喧縺：ギルドコイン一万枚

「……これは？」

「先ほどの『現実世界に持ち帰ることが可能』という言葉。そしてログアウトチケットとの文言。四百年前の当時……我々がこの世界に降り立った際には、これがゲームクリアーの条件だと話題になったものだ」

「でも、ログアウトチケットの先からは文字化けしているじゃないですか？」

俺の言葉を受けて、香織さんは「そうだな」と小さく頷いた。

まあ、こんなものは考えるまでもなく、誰が見ても明らかに怪しい。

「そのとおり。誰しもがそう考えて、だからこそ警戒し、最初の殺人が起きるまでに半年の時間が必要だったんだ」

「殺人……？」

そこで俺の脳裏に、あの時にフレンドリストで見た大量の死亡者がよぎった。

そして、どうして殺し合いが行われたかの、おおよその予測もついたのだ。

「なるほど。そういうことですか……。つまりギルドコインはプレイヤーキルで奪えると」

「ああ、そのとおりだ。ギルドクエストへの挑戦は、本格実装前の現状では初回の一回きりとなる。つまり、ギルドコインの供給の上限は定まっているわけだ」

　限られた資源であるギルドコイン。

　ログアウトチケットが全員に行きわたらない以上、コインを殺してでも奪い取るという事件が起きた……と。

　つまりは、その結果としての大量死だ。

「でも、ただのプレイヤーキルじゃなくて……この場合は本当の殺人でしょう？」

「この世界での時間の経過は、外ではそれほどの時間ではないらしい。が、それでも……中には色んな人間がいるわけだ。例えば現実世界に残した最愛の者が病気でいつ死ぬかも分からない、あるいは少しの時間でも子どもを置き去りにはできない……そんな色んな事情を抱えた人間がな」

「それは分かります。でも、そんな簡単に割り切ることができるものなのでしょうか？　だって、人を殺すんですよね？」

「我々はこの世界では半ば全能者だ。それはもう……やりたい放題だ」

「……」

「一部の人間にとって、他人を虫ケラだと思い理性のタガが外れるのに……ザックリと言えば半年という時間が必要だった。つまりはそういうことだな」

　なるほどな……と、俺はため息をついた。

ゲーム世界の人間だとしても、少なくとも俺にはアリスは同じ人間に見える。

他の転生者はどうか知らないが、少なくとも彼らにとっても現地民が普通っぽい人間に見えることは間違いないだろう。

そんな風に、同じ人間のように見える現地人を相手に……。

文字通りのスーパーマンとして、無双し続けるような毎日を過ごせばどうなるか？

そして、そんな無双の毎日の中で、例えば最初に山賊や賞金首を手にかければその後はどうなるか？

そんなもんは決まっている。

モラルの低い転生者は、いつしか自身の欲望のために罪のない村人や、はたまた貴族を手にかけ始めるだろう。

そして、自分を特別な人間だと勘違いした結果として、他人の命が軽くなる。

それは同じ転生者同士であっても……そして、転生者同士での殺人が起きたというのがことの顛末。

「しかし、そうなってくると中々にギルドコインの報酬はエゲツないですね。まるで、プレイヤーキルを推奨しているようにしか思えない。いや、そもそも転生者と現地民の力の差も合わせて考えると、最初からそうなるように誘導されているとしか……」

そう言うと、香織さんは「ほう」と小首を傾げた。

「その心は何だ？」

「恵……俺の妹のログイン予定時刻は最初から出ていたんでしょう？　おおよそ四百年後であると」

「そういうことだな」

「つまり、ギルドコインの追加補給が行われる大規模アップデートのアガルタイベント。それが始まるまで、当時からすると四百年の間ですよね？　その間はこの世界から出られないってことになります。オマケに大量の金塊を持って現実世界に戻れるという文言。モラルの低い連中であれば、ギルドコインを奪って金塊と共に外に出ようとするでしょう」

「呑み込みが早いな。今聞かされたばかりだというのに、簡単にそこまで理解してしまうとは」

「法律という枠さえなければ、何でもしそうなモンスターが身近にいたもので……」

「それはひょっとして、今林さんのことか？」

質問には答えず、俺はただ「うんざりだ」とばかりに肩をすくめた。

すると、香織さんは吹き出してしまった。

どうやら、この人もあのクソ野郎には苦労しているらしいことが窺える。

「おおよそのところは君の想像通りだ。初期にプレイヤーキルが横行し、集めたギルドコインで四名程度の達成者が出た」

「ログアウトチケットの獲得者ですね」

コクリと頷いて、香織さんはグラスワインの杯を傾ける。

「でも、死亡者が出たのは一時の間だけ、それはどうしてなんですか？」

「君も既に知っての通り、時間経過を待ちさえすれば、全員に帰還の可能性はあるわけだ。定期補給されるようになれば、ギルドコインの資源としての有限性が消えるわけだからな」

「大規模アップデート、つまりはアガルタですね。定期的に供給されるようになれば、ゼロサムゲームではなくなる……と」

「そのとおり。アガルタ——君の妹のログインと共に始まるシステムの大変革イベントだな」

ここで「俺だけアガルタのダンジョンに行けます」なんてことは……流石に言わない方が良いだろう。

まだ香織さんが信頼できると決まったわけではないし。

ただ、ここまで話をしていて、俺はどうにも香織さんには憎からず……という感情を抱いている。

恋愛的な意味ではないんだけど、何て言うかこの人と話をしていると心が落ち着く感じがするんだよな。

あと、単純に良い人っぽいってのもある。

「まあ、要は同じ日本人を殺すような殺人鬼はそれほど多くなかったという話だ。そうして、結果としては三人がプレイヤーを殺してログアウトチケットを手に入れることになった」

同じ日本人という回りくどい言い方をしたのは、隣に座っているアリスを配慮してのことだろう。

つまりは、現地人についてはその限りに非《あら》ず……。

この辺りは、前回倒した賢者たちの憎しみを見ていれば良く分かる。

と、そこで俺の頭に何かが引っかかった。

「三人？　達成者は四人だと聞きましたが？」

「達成者は四人。その内プレイヤーキラーは三人で、残る一人はＰＫＫだよ、飯島君」

「ＰＫＫ……？」

そこまで言って俺は小さく頷いた。

「プレイヤーキラーキラー……ですか？」

「それこそが、先ほど名前の出た水鏡達也だよ。彼はプレイヤーキラー数名を狩ってギルドコイン獲得一万枚を達成した」

そこまで言って、話は終わりだとばかりに香織さんはパンと手を打った。

「以上が、君の知らない四百年の歴史と現状だ」

どうやら、ここで長い話も終わりということらしい。

さて、色々と役に立ちそうな話を聞いたけれど、まずはこれをはっきりさせておこう。

「で、香織さんは俺に何をさせたいんですか？」

「君には私たちのギルドに所属してもらいたい。我々が君に差し出すのは今林さんたちからの安全の保障。そして君が我々に差し出すのは、ギルドコインだ」

「……後段の部分については話が読めないんですが？」

「ギルドコインは殺し合いで奪い取ることもできるが、譲渡も可能だということだよ」

「譲渡？」

「これはギルドに所属する上納金と考えてもらって構わない。ギルドクエストでは、一定以上の人数の参加を条件とするものもあったはずだったな？」

「ええ、それは確かに……」

「初回のクエストについては人数参加の条件もなくソロプレイも可能だ。まあ、そもそも初回クエストは全員が終えていて、残りは君だけだから我々は参加のしようもないのだが。ともかく、アガルタイベントは世界の均衡が崩れる一大イベント。他のグランドマスターがどういう思惑でどういう風に動くかも分からないし……」

「それは、現実世界に持ち帰る金塊の話ですか？」

「そういうことだ。他のギルドは他のギルドで動くし、我々は我々で動く。つまりは、私たちのギルドは帰還最優先という考え方を前提に集まったメンバーであり、その目的を達成するための相互組合なんだよ」

「……と、言うと？」

「ウチではギルド員が獲得したギルドコインはギルドの総有財産とする。そして、現在までのギルドでの功績や、それぞれの戦闘能力及び働きなどを総合判断し、傾斜配分とするという形が総意で決まっているんだ」

「話を聞いているだけでは、俺にとっても悪い話ではないような気もしますね」

少なくとも、あのクソ野郎よりは香織さんは相当まともに見える。

これは間違いない。

「ただ、残念ながら君の傾斜配分は最低ランクの更に下となる。今林さんのギルドから君を守るという前提があるから……私がみんなを説得するにしても、できるのはここまでだった」

「……俺のことは一旦置いといて、でも、それだと傾斜配分が低い人間にとっては不味いことになりませんか？」

俺の言わんとすることを察したのか、香織さんは心配するなとばかりにドンと胸を叩いた。

「私も含めて、ギルドの古参のレベル99の五名はギルド員の最後の一人が帰還するまでラヴィータの世界に残ると決めている。低レベルの弱者だけを残して『さようなら』なんて酷いマネはしないよ。ただし、想定外の酷い状況になったら他の四人は帰還するかもしれんが……少なくとも私はどんな状況でも残ると決めている」

太陽のような笑顔でそう言う香織さんだったが……ダメだな。

ここまで、俺はこの人のことを注意深く窺っていた。

っていうか、いつ騙《だま》しにかかってくるんだろうと、詐欺師を相手にするような感じで話をしていたんだが……。

どうにも、この人の言葉には裏表や悪意は感じられない。

「あの……香織さん？」

「何だい、飯島君？」

「多分ですけど、この世界で貴女は人を殺したことがないですよね？　それは恐らく……転生者以外の現地の人間も」

「正当防衛を除けばそのとおりだが、それがどうかしたか？」

「この世界の転生者っていうのは、結構荒れてるっていうか理性のタガが飛んだ人間が多いと思うんですが……」

「ああ、その件については私も苦々しく思っている。私の力にも限界があって、結果的にこの世界の人間には迷惑をかけてしまって申し訳なく思っているよ」

そこで、裏表がない香織さんだからこそ、俺は敢えてド直球ストレートに素直な疑問を投げかけてみた。

「……どうして貴女はこんな世界で……そんなにまともなんですか？」

「それは色んな人に聞かれるのだが、こう言えば何故かみんな納得してくれるな」

「それは一体、どんな風に？」

すると、香織さんは誇らしげに胸を張り、やはり誇らしげな口調でこう言ったんだ。

「父と母は警察官、兄も警察官で、祖父も曽祖父も警察官。そして――私自身の日本での職業も警察官だ」

しばしのフリーズ。

その後、香織さんの言うことを完全に理解した俺は思わず吹き出してしまった。

「ははっ……！　うん、なるほど。それは確かに説得力ありますよ」

「自然災害が起きた時、最後に避難するのは自衛隊や警察だと相場が決まっている。一般人を置き去りにして帰れるわけもないだろう？」

そう言うと、香織さんはニコリと優しい微笑を浮かべたのだった。

サイド：今林歩

光に照らされたペテロの門のその先。
未実装エリアで、本来は暗闇に包まれ何もないはずの空間。
そこには、大きな樹木に吊るされた三人の男女の姿があった。

――木島哲司《きじまてつじ》。

――大平琴美《おおひらことみ》。

――杉浦竜馬《すぎうらりょうま》。

つまりは、全員がログアウトチケットを手に入れたプレイヤーキラーたちだ。
彼らは現在、ドライアドか何かの吸精樹木にツルで搦《から》め捕られている。
そのツルは彼らの内部に侵入し、体内を無数に走るツルによって、表皮のいたるところが浮き出た血管のように盛り上がっている。

特にツルは頭部に集中していることから、恐らくは脳そのものにも侵食しているものと思われる。

と、糞便とヨダレを垂れながし、ウツロな表情を浮かべている彼らを見て、村山はただただ絶句していた。

そんな村山の反応を横目に、俺は門と向こう側の境界に向けて手の甲を突き出した。

コンコン。

ノックの要領で二回叩くが、以前と同じだ。

何もない空間には確かな物理的な隔たりがある。

以前に第五階梯《かいてい》や第六階梯の魔法で攻撃してみたが、この境界の壁には一切ダメージを与えられなかった。

「い、い、い、今林さん！　なっ……何なんですかコレッ!?」

「煉獄の先。未実装の未開放エリアとしか回答できないな」

「いや、アレってプレイヤーキラーの連中でしょ？　大平は俺も交流ありましたもん！　っていうか、何で連中……未実装エリアにいるんっすか!?」

その質問を受けて、俺はアゴに手をやり思案する。

この質問のたびにアレコレ思案するのだが、やはり回答としてはこういうことなのだろう。

「ログアウトの結果、連中は確かにシステムの外に出ることはできたということだろう」

「いや、でもログアウトって現実世界への帰還でしょう!?」

「ログアウトの文言の直後に、文字化けがあっただろ？」

その言葉で村山は「あっ……！」と息を呑んだ。

「確かにログアウトはしているし、システムとしては嘘はついていない」

「でも、それって……そんなのって……っ！　それだけを糧にこの四百年……希望を胸に日々を過ごしてきた人間だっているんっすよ!?」

「これはおかしなことを言う奴だ。お前は自身の力を背景に——暴力で楽しんでいた風に見えたが？」

そう言うと、バツが悪そうに村山は肩をすくめた。

「まあ、俺はそうなんですけどね。でも《暁の旅団》にいるような連中にとってはショックだろうなと。っていうか、今林さんって闇で一万枚くらいはギルドコイン持ってるでしょ？　外に出なかったのって……コレを知ってたからですか？」

「いや、ギルドコインはコレを知る前から持っていたが、俺もまたラヴィータの世界を楽しんでいた一人だ。あと、そもそもからしてあの文字化けは胡散臭すぎるだろう？　あんなものに俺が手を出すわけがない」

「……流石というか何というか」

「でも、ぶっちゃけ、マジでコレ……あの三人ってどうなってるんです？」

「ここには定期的に調査員を派遣しているが、連中はずっと意識を失って管まみれだ。よほどの悪夢を見ているのか、たまに目を見開いて……恐怖に染まった表情で叫び声をあげるだけの生き物となり果てているようだな」

「少なくとも……」との前置きで、俺は言葉を続けた。

「幸せなようには、俺には見えん」


「ですよね……」

と、そこでようやく「そのこと」に気づいたらしく、村山は「あっ！」と声をあげた。

「……水鏡は？　ランキングナンバー1の水鏡達也はどうなってるんですか？　達成者のアイツが……この中にいないじゃないですか！」

質問を受けて、やはり俺はアゴに手をやり思案する。

この質問についても、そのたびにアレコレ思案するのだが、やはり回答としてはこういうことなのだろう。

「分からん。アレだけは俺でも理解できない異質だ。ただ――あの男はアガルタへの鍵を俺に授けた。そこに答えがあるのだろう」

「アガルタの鍵？　大規模アップデートのアレですよね？　鍵って、ひょっとして今林さんって実装前にイベントへの参加権利得ちゃったんですか？」

「そのとおり。側近だけが共有できる秘密の一つだから内密にな。ところで、お前は知っているか……アガルタの意味を？」

「何のことかサッパリ分かりません」

まあ、こんな愚鈍な男がその意味も分かるわけがない。


――アガルタ。


それは、地球の中心にあるとされる理想都市の名称。

または、地球の中心から行き来できるとされる都市の名称だ。

「馬鹿にでも分かるように説明すると、恐らく全ての答えがそこにあるということだ。故に、どこの誰にも……俺たちよりも先にアガルタへは到達させない。それが当面の俺たちの目的となる」

既にアガルタ攻略は始めている。

が、現状、最後の一人の恵がログインした後、本来の形でイベントが始まりプレイヤーの全員が参加権を得るまでに、クリアーできる確証もない。

故に、表に裏に俺は工作を仕掛け続けているわけだ。

低レベルプレイヤーたちの強制レベリングもその一環だ。

「ところで、《暁の旅団》に送っている斎藤はどうなっている？」

「ああ、そういえば昨日連絡がありましたね。今林さんの言っていた飯島忍と接触したとのことです」

「あのクソガキ……」

名前を聞いた瞬間に、露骨に舌打ちをしてしまった。

いつまでたってもログインしてこないし、ログインしたので殺そうと思って捜せば所在不明。

挙句の果てに、居所が掴めたと思えばあの女のところだとっ⁉

「《暁の旅団》については他の五大ギルドマスターとも密約済みだし、良い機会だな」

「と、おっしゃいますと？」

「そもそも、あの女は昔からイケすかん。あのガキ諸共に、斎藤に粛清《しゅくせい》を始めさせろ」

第二幕　北の最果てに咲く古代花

サイド：飯島忍

晴天。

青空にはウロコ雲がポツリポツリ。

針葉樹林の森を抜けると、そこには一面の大雪原が広がっていた。

「しかし、便利なものですねシノブ様。こんな薄いコートなのに寒くないです！」

デザイン性重視の毛皮のコートに、アリスの獣耳が良く似合う。

まあアリスの言っているとおり、第三階梯魔法：環境適応《オールアジャスト》を使用しているから、マイナス二十度という寒さも感じない。

ちなみに、この魔法は戦闘時でも多少の炎や冷気を完全にシャットアウトしてしまう優れものだ。

「ところでガブリエル。お前は寒くないのか？　お前には魔法をかけていないが……」

「私たちは第一階梯程度の攻撃魔法程度の温度変化までなら完全に無効化してしまいますから。常に体の表面は摂氏二十度前後に保たれております」

「そいつは便利で良いことだな」

一面の雪原に、肩出しルックのメイド服姿というのは中々にシュールだ。

しかし、見ていて本当に寒々しいな。

真冬の北海道の、更に北のほうの気温だし。

「ワンッ！　ワンッ！」

で、未だに子犬状態のケルベロスは喜び勇んで尻尾を振り振りして駆け回っている。

アリスはその様子を見てニヤニヤしてるし、もはや武人としての威厳は欠片もあったものではない。

まあ、力を取り戻してイケメン状態に戻った瞬間に、クソ真面目系の取っつきにくいケルベロスに戻るんだろうけど。

「それでシノブ様、一つ質問があるのですが」

「ん？　何だガブリエル？」

「相手はギルドコインの上前をはねるという話です。この話を受けてもよろしかったのでしょうか？」

「ふーむ……」と、アゴに手をやり、しばし押し黙る。

「いや、俺はまだ様子見で、話を呑んだフリをしているだけだ」

そう言うと、ガブリエルは「はてな」と小首を傾げる。

「まず、ギルドクエストはギルドに登録していないと機能自体が使えない。他の転生者が使えるのに、俺だけ使えないってのは不味いだろ？　そもそもどんな仕様かも分からないんだし」

「それはおっしゃるとおりかと思われます」

「現状、あくまでも目的は情報収集。これから先の指針を決めるにしても、手札となる情報が足りない。香織さんは流石に大丈夫だと思うが、《暁の旅団》の他の人間については信用に足るかどうかなんて分からない……というか、それは二の次だ」

そう言うと、ガブリエルは安堵したように軽く息をついた。

「そこまで考えておられるのであれば……。失礼しましたシノブ様」

「いや、構わない。俺のことを思っての意見なら大歓迎だ」

「恐縮でございます」

美しいと表現しても差支えのない、完璧な動作でのお辞儀だった。

雪原にメイドさんってのもアレだけど、まあ……ファンタジーな光景ってことで悪くはないな。

「それにギルドコイン報酬も必要だからな。今回のクエスト報酬は全部俺のもので良いって話だし。コインのやり取りはアガルタイベントの後って話で、そこは素直にありがたい」

「ええ、探していたアリスの魔法取得のための巻物《スクロール》が交換報酬にあったのは収穫でしたね」

「そういうことだ」

大きく頷いてから言葉を続ける。

「ともかく、俺にとって有益である以上は話には乗るさ」

と、そこで話を聞いていたアリスが目をランランと輝かせながら話しかけてきた。

「しかし、シノブ様って本当に凄いですね」

「凄い？　どういうことだ？」

「あの時、私はカオリさんが良い人だってことしか分からなくて、シノブ様もカオリさんのことを良い人って思ったから握手したんだとばかり思っていました」

「いや、慎重なだけだ。香織さんについては本当に良い人なんだろうが、それにしたってあれだけのやり取りじゃ信用できない。他の奴に至っては論外だしな」

「それでも流石ですよ。私なんて本当に何も考えてなくて……」

「俺の命を賭けるんだ。言われるがままにってのは危険すぎる――あくまでも俺の行き先のかじ取りをするのは俺自身だからな」

その言葉を聞いて、ガブリエルは大きく頷き、アリスも神妙な面持ちになった。

「アリス、お前についてもそれはそうなんだぞ？」

「ど、どういうことでしょうか？」

「お前の行き先を決めるのはお前自身だ。俺が選択を誤ったと思えば、いつでも俺を切って別の道を進むということも考えておいてくれ」

「い、いや、それは無理です！」

フルフルと首を左右に振るアリスは、焦った様子で言葉を続ける。

「私にとってはシノブ様は神様みたいな存在で、判断を誤ることなんてあるはずが……」

純粋な瞳でそこまで言われてしまえば、苦笑するしかない。

仕方ないとばかりに俺はアリスの頭を掴んでワシワシと撫でつけた。

「なら、今は年上の保護者ってことで基本は俺を信じてくれ」

「は、はい！　それはもう！」

「ただ、お前がもう少し大きくなったら……自分のことはちゃんと自分で考えるんだぞ？　お前の進む道はお前が決めるんだ」

「おっしゃることは分かりますが、それでも……」

「それでも？　何か問題があるのか？」

そう尋ねると、アリスはニコリと満面の笑みを浮かべる。

「結局、私はずっとシノブ様を信じると思いますよ？　それがいつだって正解だと思いますし、何より――シノブ様が大好きですから！」

うーん、これは妄信に近い状態だな。

正直、良くないとは思う。けど、まあ……。

ここまで素直に好意を寄せられると、悪い気はしない。

「ともかく、頭の片隅で良い。自分で考えるということを放棄しないでくれアリス。あとガブリエル、お前等には問答無用でずっと付き合ってもらうからな」

「御意のままに」

「それでシノブ様？　神人様たちの……ギルドクエストでしたっけ？　具体的には、この世界で起きている事件を実際に解決するという感じで『みっしょん』が現れるんですよね」

「そのとおりだ。だからこそ俺たちはここに来たわけだ」

見渡す限りの大雪原の向こう側を指差した。

するとそこには、小さくうっすらと北方の都市の姿が見えた。

いや、それは正確には魔物から都市を守るために巡らされた、都市全体をぐるりと囲いこむ外壁の姿だな。

「それじゃあ行こうか、モンスターハザードの解決に」

そう言うと、頭の中に機械のような音声が流れてきて、メニューウインドウが眼前に現れた。

――ピロリロリン♪

――ギルドクエストが発生しました。

――ミッションクエスト：永久凍土の大氾濫が開始されます。

――初回参加報酬としてギルドコイン千枚が付与されました。

†

さて、辿り着いたのは北方の都市、白銀世界の兵士駐屯地の中庭である。

ちなみに、この北方の都市の更に北は人類は生息しておらず、この街が人類の生息している最北端ということだな。

で、ここから北の領域で人間が住めないその理由は二つある。

一つは、当たり前だけどあまりの寒さ。

そしてもう一つは、最果ての魔境とも呼ばれるほどに多い魔物の生息数だ。

魔物という生き物はそもそも生命力が強く、人間ほどには寒さを意に介さない。

そして、生息地が被らないために、いわば魔物の天敵とも言うべき人類がいないことから、数が多いのだ。

で、今まさに、この地では魔物の大氾濫が起きようとしているわけなんだな。

その理由としては月の満ち欠けや天体の配列の関係で、魔物が異常に活発化することがある。

まあ、北方の都市では魔物の大氾濫といえば、数年に一度の風物詩的な出来事だ。

それで人間としても大氾濫を放置してしまえば、当然ながらこの都市は崩壊する。

故に、各国の冒険者ギルドから討伐のための戦力が集まってくるのだ。

無論、集結する戦力も慈善事業ではない。

そもそも、居住可能区域ギリギリのところにわざわざ都市があるのも、宝石や金鉱などの地下資源が豊富というのが理由となる。

潤沢な資金の中で、安全保障に対する報酬は莫大なものとなる。

さらに言えば珍しい北方産の魔物の素材も高く売れる。

と、そう言った事情から今回の大氾濫に対抗するべく、その討伐隊に加わるための試験会場――つまりは、一攫千金《いっかくせんきん》狙いの色んな人間がこの兵士駐屯所に集まっているのが現況だ。

「集まっているのは百人程度か、ガブリエル」

「正確には九十六名ですねシノブ様。そして見る限りは……そのレベルは著しく低い」

「まあ、冒険者ギルドやら、金銭を見返りに各国から派遣されてる軍閥連中は特別枠だ。そんな連中はこんなところでわざわざ選抜試験なんて受けないって話だし……」

と、そこでアリスが恐る恐るという表情で俺に尋ねてきた。

「あ、あの……みんな強そうなんですけど、私なんかが大丈夫なんでしょうか？」

「アリスは第二階梯までの魔法は扱えるし、十分にこの中では強者だ。自信持って良いと思うぞ」

「でも、何でもかんでもシノブ様がお膳立てをしてくれたものですし、私の力じゃないというか何というかその……ズルみたいでどうかなって思うんです」

「それを言うなら俺もズルになるのか？　っていうか、俺たちなんてレベルが上がれば全自動で魔法使えるんだぜ？」

ははは と笑うと、アリスは小さく頷いた。

「でも、ちょっと流石に……恥ずかしいですね」

「恥ずかしいって何がだ？」

「シノブ様にガブリエルさんにツクヨミさんに……それにケルベロスさんも試験を受けるわけですよね？　そんな中で私なんて……」

「いや、ケルベロスはペット枠で押し通すから大丈夫だ。ガブリエルとツクヨミは……まあ今回はそうだな」

常時同時召喚はＭＰにかなりの負担があるので、基本的には出しても一人までなんだが今回に限っては仕方ない。

《暁の旅団》には俺がここにいることは知られているし、それはイコールで『いつでも俺たちを襲撃できる』ことを意味している。

香織さんを敵だとは思わない。

が、魔物の討伐中に、他の転生者に後ろから奇襲を仕掛けられて、こちらが召喚する前に痛手を負うようなことだけは絶対に避けたい。

そういう意味では、ウチの最終兵器のアマテラスも出しときたいんだけど、それについては条件整ってないから仕方がない。と、その時――。

「おいおい兄ちゃん？　女子供と犬を引き連れて魔物の討伐なんざ、正気の沙汰か？」

俺に声をかけてきたのは、片目に刀傷を受けている隻眼《せきがん》の男だった。

アゴヒゲも生やしていて、ここが南国の港町であれば海賊という言葉が良く似合うような風体だな。

「俺の連れがどんなメンツだろうが、別にアンタには関係ないだろう」

これ以上絡まれてはたまらないとばかりに、俺はその場から退散しようとする。

そうして踵《きびす》を返したところで、肩を掴まれた。

「待て待て、俺は冒険者稼業で食ってて、ここに集まっている他の連中は大体そうだ。お前も冒険者だと思うが、お前みたいなワケの分からん奴に冒険者を名乗られちゃ困るんだよ」

「困る？　どういうことだ？」

そう尋ねると、隻眼の男は嘲りの笑みを浮かべる。

「俺らはメンツの稼業だ。お前みたいな、女子供を引き連れてる舐めた野郎に冒険者を名乗られちゃ、俺たち全体が舐められるんだよ。舐められたら冒険者全体の評判が下がって巡り巡って俺たちの依頼報酬も下がるし――」

男の喋りは止まらない。

が、言ってる内容が聞くに堪えないということは、既に理解している。

故に、俺の耳は早々に言葉を聞くという作業を放棄したらしい。

しかし、本格的に面倒なことになってきたな。

周囲を見ても他の連中も隻眼の男に同調しているようで、頷いている奴すらいる。

「――つまりだな。お前みたいフザけた奴がいるから冒険者は舐められるわけだ。分かったなら今すぐにここにいる全ての冒険者にワビを入れてから、とっとと国に帰れっ！　もちろんただ謝るだけじゃなくて土下座だからなっ！　お前みたいな女連れでチャラチャラした奴は見てるだけでイラつくんだよ！」

と、その時、大きな大きなため息が一つ。

見ると、ツクヨミが大げさに肩をすくめている姿が見えた。

「ところでシノブ君？　この雑魚《ざこ》はいつ殺せば良いの？　もう殺して良いの？」

あ、これは良くない。

満面の笑みだけど目が怖いので、どうやらスイッチが入っているようだ。

そうして俺が「殺すのはナシで」と言おうとした瞬間、ツクヨミが先に動いた。

「……な、何だお前は急にズカズカと割り込んできて？　ってか、俺が雑魚だと？　俺はAランク冒険者だぞ？　今回はちょっとした事情で特別枠じゃなく討伐者採用試験から受けているが、本来ならお前らのようなムシケラが口をきくことすら許されない最上位の――」

「シノブ君は優しいわね。こんなヤツの話を黙って聞いてあげているなんて……」

そうして、ツクヨミは中指を親指で押さえて、デコピンの形を作る。

「でも、私はそんなに優しくないの。不快な物は不快よ」

パチコ————ン！

小気味良い音が鳴って、隻眼の男のアゴにデコピンがクリーンヒットした。

「……あ？」

そのまま隻眼の男は地面に膝をついて、白目を剥いて仰向けにドサリと倒れた。

「馬鹿にしていた女子供に無様にやられた……その醜態を衆目に晒しなさいな」

そうして、ツクヨミは俺に向かって、ニコリと妖艶に笑ったのだった。

†

「くっそ……何をやりやがったあの女……っ！」

しばらくして、気絶から目を覚ました隻眼の男は般若の面でこちらを睨みつけてきていた。

とはいえ、ツクヨミが睨み返すと「ヒッ！」と目を逸らす。

どうやら、こちらがタダモノではないことは分かってくれたらしい。

しかし、ツクヨミがアレな子というのは分かっていたが……。

マジで瞬間湯沸かし器みたいな奴だな。

ちなみに、ガブリエルも相当にアレなキャラではある。

それと、ガブリエルはさっきの一連の件ではいつもの無表情でありつつも、コメカミに青筋が浮かびまくっていた。

まあ、ガブリエルなりに相当な我慢はしてくれていたようだ。

あと、ケルベロスについては嬉しそうに尻尾フリフリで雪の中を走り回っているというポンコツ仕様だ。

イケメン状態武人モードの甲冑《かっちゅう》ケルベロスなら、大剣でバッサリと問答無用でやっていたんじゃないかという疑惑もあるので、ここは素直にその無邪気さがありがたい。

と、そんなことを考えている時、駐屯所の方から三十人くらいの兵士がやってきた。

その先頭に立っているのは、腰までの金髪の女性だった。

胸元まではだけたシースルーのナイトガウン……。

いや、あれはちょっとセクシーに寄せたタイプの魔術師のローブかな？

その下には下着と言われても通用するんじゃないかというような、ところどころがシースルーのワンピースを着用している。

ともかく、ガブリエルよりも更に薄着という出で立ちだ。

っていうか、あの女の異常な軽装は、俺たちと同じく第三階梯魔法：環境適応《オールアジャスト》だろうな。

それはつまり、あの女はタダモノではないことを意味する。

この世界には前回の賢者連中みたいに第五階梯まで使える強者もいるわけだし、油断は禁物だ。

まあ、あんだけの人数の兵士を引き連れてるんだから、それくらいは考察するまでもなく見た瞬間に分かることではあるんだけども。

と、その時——。

金髪の女の傍らにいる豪華な甲冑を着込んだ男が大声を上げた。


「注——目っ！」


その言葉と共に、冒険者一同が気を付けの姿勢を取る。

どうやら、アレが今回の大氾濫の討伐チーム選考における、試験監督の一団ということらしい。

一団は俺たちの近くまで来ると歩みを停止した。

そして整列すると同時、金髪の女が数歩進んできた。

女がすっと右手を掲げる。

そのままパチリと指を鳴らすと同時、女の周囲の雪がモコモコと動き出し始めた。

見ると、雪は見る間に姿を変え、気づけば百を超えるような大量の氷像になっていた。

そうして、氷像を確認した金髪の女は満足そうに大きく頷いてこう言った。

「さて、今回の試験は二つ。一つ目は——この氷像を破壊することです」

その言葉を聞いて、一同に安堵の空気が流れる。

「こりゃあ楽勝だな」

「氷を壊すなら魔法や武器を使うまでもない」

「そうだな、近接職なら素手でもイケるんじゃねえか？」

口々にそんな声が聞こえてくるが、アリスを見てみると表情は真剣そのものだ。

「気づいたか、アリス？」

「はい。アレが普通の氷ではないであろうということだけは……」

うん、どうやらアリスは言葉の表層に囚われずに、物事の本質を見ているようだな。

氷像を大量に作る程度なら第二階梯くらいの魔法でどうにかなる。

が、さっきの魔法は恐らく第三階梯上位：氷結女王《フリーズエッジ》。

本来は、硬度を猛烈に強化した氷を形成して相手にぶつける魔法だ。

それを相当に高度なレベルで運用して、こんな曲芸みたいなことをやったわけだ。

そして何よりもこの数……やはり、この女は只者ではない。

と、そこで金髪の女はニコリと笑うと、氷像をコンコンと拳で叩いた。

「ちなみにこの氷像の硬さは、ヌラリペ硬度でいうと六程度でしょうか」

その言葉で一同にざわめきが起き始める。

ヌラリペ硬度の六というと……鉄よりも結構硬いってくらいの硬さだな。

そうして、女はニコニコとした表情のままで言葉を続けた。

「武器、スキル、闘気、魔法。何を使っても結構です。今回皆さんにやってもらうのは魔法学院の入学試験における試し撃ちみたいなモノですね」

そこまで言うと、金髪の女は豪華な甲冑を着ている男に手を伸ばす。

すると、男は持っていた樫の杖を金髪の女に手渡した。

そうして、女が何かを念じると同時、魔力が樫の杖に流れていって――

「ちぇい♪」

そのまま女は近くの氷像を、樫の杖でフルスイング。

すると、金属バットでガラス細工を殴ったような感じで、大小の破片となって氷像は砕け散った。

「ええと、私は大賢者と呼ばれてるんですけど、そのものズバリで魔法職です。で……我々が戦力として求めている最低ラインは、魔法職である私の近接打撃。つまりは今のコレなんですよね」

大賢者という言葉で、一団のざわめきが更に強くなってきた。

「ひょっとして四百年前から生きるという……北の魔女？」

「八百年じゃなかったか？」

「おいおい、あんなのを駆り出すなんて……今回の大討伐はヤバい規模なんじゃねーか？」

そんな感じでざわめきが大きくなってきたところで、豪華な甲冑を着た男がパンと掌を叩いた。

「静粛に！　大賢者イザベラ様のお話中であるぞ！」

その言葉で静まり返る一同。

氷結の大地の中、シンとした空気の中でイザベラの言葉が響き渡る。

「まあ、反撃をしてこない相手に向けての試し撃ちです。実戦での力を試すほどのものではありませんが――この程度ができなくては、北の最果ての魔物相手には通用しません。特に今回のフロストオークの大討伐のような案件ではね」

そうして、やはり変わらずニコニコとしているイザベラは、樫の杖を男に渡すと同時、両掌を重ね合わせてこう言った。

「ああ、そうそう。コレを壊すことができた皆様には、続けて一人でデビルグリズリーを討伐してもらいますから」

その言葉で、一同に明らかな緊張と怯えが走る。

先ほどとは明らかに違う異質な空気だ。

どうやら冒険者特有の……命あってのモノダネという危険察知の職業病が働いたらしい。

「おしっこチビっちゃった方がいればゴメンナサイね。でも、まあ、それくらいは朝飯前にできるのが、やはり求めている最低ラインなんですよね」

そこで、イザベラはニコニコ笑顔を崩し、冷たい表情を浮かべた。

「この説明で臆した腰抜けについては、今すぐにお帰り頂いた方が良いでしょう。そんな人とは関わるだけ時間の無駄ですしね。元々、優秀な皆さんは特別枠で参加していますので、我々も一般試験にはほとんど期待もしておりません」

シンと静まり返ったままの一同。

しばらくの間、一同に重苦しい空気が流れる。

そして……一人、また一人とその場から立ち去っていき、すぐに百名程度いた志望者が半数程度になった。

「あらあら、結構残りましたね。っていうことは、皆さん自信アリということで……？　これはこれは頼もしいことです。それが自信なのか過信なのかは分かりませんけれど――まあ、それほどには期待しておりませんが、せいぜい頑張ってくださいませ」

『ふふふ』と、楽し気にイザベラが笑ったところで、ガブリエルが口を開いた。

「ところで、もうやってしまっても構わないので？」

「ええ、どうぞ。武器でも魔法でも何でも使って良いですよ」

言葉を受けて、ガブリエルはそのまま氷像の内の一体へと向けて歩を進めていく。

「武器を使わないということは……魔法なのでしょうか？　まあ、よろしいです。一番槍ですので、全力の魔法で氷像を壊してくださいな」

ガブリエルが向かっている氷像との距離差は現在二メートルといったところ。

そこでイザベラは不思議そうにガブリエルに尋ねかけた。

「ん？　どんな魔法を使うんでしょうか？　その距離では遠距離魔法には適していませんよ？」

その言葉に構わず、ガブリエルはずんずんとひたすらに歩を進めていった。

「あれあれ？　どういうことでしょうか？　それでは近接戦闘の間合いですよ？　まさか素手でやるつもりなのですか？　これは困りましたね。先ほどの説明で硬度六だと説明しましたのに……言葉が理解できないお馬鹿さんは討伐隊には必要ありませんよ？」

距離差は残り一メートルを切っている。

そうしてガブリエルはそのまま拳を振りかぶって――

――スパァンッ！

狙いすました形で右ストレートが氷像に炸裂《さくれつ》する。

先ほどイザベラが砕いた氷は大小の氷片といった感じだったが、ガブリエルの砕いた氷は文字通りの粉微塵だった。

極微小の氷の粒子となったソレは、陽光に煌《きら》めき風に乗って、キラキラと大気へと溶けていく。

つまりは、駐屯所の中庭に、氷を砕いた打撃のダイアモンドダストが発生したということだ。

「ガブリエルに続いて、そろそろ私もやって言いかしら?」

「……」

驚いた様子のイザベラはその場で固まり、ツクヨミの言葉には反応できないようだ。

ツクヨミは「やれやれ」とため息をつくと同時、自身に魔力を込め始める。

「それじゃあ勝手にやらせてもらうわ。第五階梯：腐敗と死の濁流《トイズボックス》」

そう呟《つぶや》くと同時、大きな赤い棺桶が氷像の前に現れる。

「だ、だ、だいご、ごご、五階梯っ!?　そんなバカな……いや、この莫大な魔力……ほ、ほ、ほんものっ!?」

フリーズから溶けたイザベラが、うわ言のようにそんなことを呟いている。

そして、ツクヨミがパチリと指を鳴らすと同時、棺桶の蓋が開いた。

この魔法って、要は規模のバカでかいアンデッド召喚なんだよな。

工程は単純で、まずは黄泉の世界とこちらの世界を、棺桶というトンネルを使ってつなげる。

んでもって、向こう側から、超大量の高位アンデッドを呼び寄せて終了。

つまりは、扉が開いた棺桶から見えるのは、黄泉の世界そのものってワケだな。

俺が見た限り、今回の棺桶の中……地獄の荒野にひしめいていたのはスケルトンタイプの地獄の軍勢だ。

数にすると数万はいるんじゃないのかな。

「氷像をこの場から消すことでも、破壊したことにはなるでしょう？」

ツクヨミはそう言うと、氷像の内の一つに視線を送る。

そして、氷像の背後に回ると、棺桶の中――向こう側の世界に向けて蹴り飛ばした。

「はい、これで試験はクリアーね」

そうして、イザベラと言えば最早……試験どころではないという感じだった。

っていうか、彼女はその場で腰を抜かして、ただただパクパクと口を開閉させている。

と、言うのもイザベラの視線の先は、棺桶の向こう側の地獄の荒野に向いているわけだ。

それで、そこには地獄の軍勢が数万といるわけなんだな。

更に言えば、棺桶を通じて、イザベラと地獄の軍勢が向かい合う形になっている。で、地獄の軍勢はイザベラを殺害対象と認識したらしい。

証拠に、その瞳にはアンデッド特有の攻撃色である紫の光が灯っている。

つまりは、全員がイザベラに殺意の衝動を向けているわけだ。

無論、そうなってしまったからには、彼らは当然にイザベラに向けて群がってくるわけだ。

そして、彼らはイザベラに向けて、一斉にこちらの世界に出てこようと駆けだし始めた。

ドドドドドドドドド。

地鳴りにも似た音が棺桶の中から響いてきて、それを見てイザベラは悲鳴をあげた。

「ヒ、ヒ、ヒ、ヒィ――――ッ！」

とんでもない数の高位アンデッドが、自身に向かって走ってくるという地獄絵図。

常人であれば耐えられるものではないが、それはイザベラも同じだったらしい。

と、そこで、パチリとツクヨミは指を鳴らした。

――パタン。

蓋が閉まると同時に、何事もなかったかのように棺桶が消失する。

ただ、その場に残っているのは「第五階梯……」とうわごとのように呟いている大賢者の姿だけだ。

「あのな……ツクヨミ?」

「ん?　何か問題があった、シノブ君?」

いや、ぶっちゃけた話をすると、別にもう……俺は目立ったって良いんだ。

俺の存在は、転生者に知られてるみたいだしな。

でも……と、俺は深いため息をついた。

「あのな、無駄に目立つ必要もないだろうよ?」

ツクヨミは両手を後ろに回して、小首を傾げる。

そしてそのまま悪戯っぽく自身の唇をチロリと舐めた。

「だって、この女——なんだか偉そうだからイジメたくなったんだもの」

「うん、そうだったなツクヨミ。そりゃあそうだよな……お前って奴はそういう奴だからな」

そして、ツクヨミは懐から袋を取り出して、イザベラの眼前の地面に放り投げた。

そこで放心状態となっていたイザベラは「ヒッ!」と、小さく悲鳴をあげた。

「これは……デビルグリズリーの魔石?」

ツクヨミは更に懐から袋を取り出し、次々とイザベラの眼前に魔石を放り投げていく。

そうして、色とりどりの魔石――高位の魔物の核を見て、イザベラの表情から血の気がどんどんと引いていった。

「デビルグリズリーの魔石だけはないわ。その上位種のアトラスグリズリー。他にも古代氷龍《エンシェントアイスドラゴン》の核もあるの」

「エ、エンシェント……アイスドラゴン!? まさか……貴女……いや、貴女様は大雪原の覇者を狩ったのですか?」

「ええ、力量差も分からずに襲ってきたから……。っていうか、二次試験を受けるのも面倒くさいし、これで文句ないわよね?」

「あ、あ、あ……貴女様は一体……? ひょ、ひょっとして……噂に聞く……神人? あ、あ、あわわ……っ!」

そこまでのやり取りを見ていた俺だったが、脱力気味に再度深いため息をついた。

そうして俺はガックリと項垂れながら、ツクヨミにこう告げる。

「ツクヨミ……自重しろとは言わない」

「あら、シノブ君はこの状況なら自重しろと言うかと思ったのに」

「いや、そんなお前だと分かっていたのに、ここに連れてきた俺が悪かったんだ」

後は野となれ山となれ。

別に隠していることでもないが、もう少しやり方はあるだろうに……。

まあ、やってしまったものは仕方ないと、俺は軽い頭痛を覚えたのだった。

†

——四週間後。

宇宙より飛来した氷結の古代花の種子が、北の地に舞い降りようとしていた。

永久に近い時間の流れの果ての先。

かつての故郷にその種が舞い降りた際に、古代花が着地点として選んだのは、フロストオークの大氾濫の中心地であり大繁殖地だった。

それは現在のその星で、最も性の魔力の濃度——生命の繁殖のレベルが高い場所。

古代花の種が尾を引く彗星《すいせい》となりて大気圏に突入した際、魔物の巣を掌握するキングフロストオークは異変を感じ空を見上げた。

そして、彼は恍惚《こうこつ》の笑みと共に感じたのだ。

——つまりは、自らの巣穴の壊滅を。

古代花の発する凶悪にして絶大な魔力の奔流の中、彼が感じていたのは恐怖と劣情。

そして、種が地面に飛来する。

猛烈な爆音と共にキノコ雲が上がり、しばしの後にその場には大きなクレーターが発生していた。

そして種が大地に根付くと同時、フロストオークの巣穴全体を覆うように――全てを凍《い》てつかす、終末の凍結魔法がクレーターの中心地から発生した。

猛烈な寒波。

自らの手足が凍り付いていく中、キングフロストオークは至上の悦びを感じていた。

彼は一切の防寒対策を取らずに――それは他の全てのフロストオークがそうだったように恍惚の表情で――むしろ、体を覆う防寒具を脱ぎ捨てた。

次々と凍り付き、氷像と化していく同胞《はらから》たち、そしてそれを享楽の笑みと共に眺めるフロストオークキング。

彼らは、氷結が心臓に到達すると同時に、コップ一杯ほどの白いモノを射精することになる。

そしてそれはフロストオークの巣穴だけではなく、氷結の範囲内に生きる全ての魔物がそうだった。

男の魔物は射精を。

女の魔物はオーガズムを。

それぞれの生において、最上級の悦楽と共に、彼らは命を散らしていく。

古代花は――性的な悦楽を提供した上で、それぞれの命を奪い、そして糧にするのだ。

死んだ生物の魂は、古代花を成体化させるための極上のエネルギー源となる。

そして、その食事はかつてこの星の一つの大陸を覆いつくしたという巨体に戻るまで、終わらない。

周囲の魔物を食らいつくせば、その魂を成長の力に変え、急速に巨大化し更に周囲の魔物を食らう。

そして、更に巨大化し、更に広大な土地の生命を食らい、遂には人間の国々を飲み込んでいく。

力を取り戻すにつれて古代花の食事の速度は上がり、更に加速度的に魂を集め、そして更に巨大化し食事の速度は上がる。


――古代花、それは甘き死とも呼ばれる超生命体。

ゲーム内において、二十四時間以内に討伐が行われなければ、その力に誰も手がつけられなくなり世界が滅ぶと設定される生命体。

——強襲イベント：古代から告げられた甘い死。

——つまるところはレイドボスである。

†

時は四週間戻って現在。

サイド：飯島忍

俺たちに寝床として用意されたのは、北国のホテルの一室。

貴族諸侯が止まるような高級ホテルで、その中でもロイヤルスイートの特別待遇だった。

「シノブ様！　ベッドが！　ベッドがフカフカです！　ほら、ぴょんって！　ぴょんぴょんって！　ぴょんぴょんって跳ねます！」

「ワンッ！　ワンッ！」

アリスとケルベロスは大はしゃぎだが、俺はオイオイ……と、軽く引いている。

と、言うのも四十畳くらいある寝室の真ん中。

そこにポツンとベッドがあるというシュールな光景なんだもんな。

まあ、何でこんなことになったかというと、大賢者イザベラさんだ。

ちなみに、討伐隊採用試験の時、彼女の態度が偉そうだったのには理由があった。

聞けば、力と覚悟の足りない志望者を意図的に排除して、悪戯に死亡者を出さないためという感じだったらしいんだよ。

と、それは置いといて、俺たちはその態度を平謝りされたんだけど、どうやら彼女はツクヨミの実力に心酔してしまったみたいなんだ。

それで俺たちがフロストオークの大討伐のメンバーに加わるに辺り、頼んでもないのに東奔西走したらしい。

まあ、結果としてこのありさまで、討伐隊の上部組織で色々あったことは想像に難くない。

で、俺としては……やっぱり若干頭が痛い。

だから、無駄に目立つのは嫌なんだ。


翌日――。

ホテルで荷物を解いた俺たちは、雪の都市を歩いていた。

スウェーデンのストックホルムっぽい街並みというのだろうか。

中世のような街並み……。

いや、そもそも中世ヨーロッパ風を土台にしてる世界なんだから、それは当たり前なんだけれど。

まあ、寒い街なのに人通りの往来はたくさんあって、少し驚いた。

そういえば札幌とかも普通に栄えてるし、冬でも人通りは多いよな。

雪国でも慣れてしまえば、それくらいは別に普通のことなのかもしれない。

で、街の大通りでは市場が開かれ生鮮食品が並んでて、本当に人でごったがえすという状況だったんだよ。

とはいっても、並んでる海産物――サンマとかはカチコチに凍っていて今にも刺さりそうな感じだ。

まあ、そんな見慣れない光景がチラホラあって、見てるだけでちょっと面白い。

「しかし、本当に綺麗な女の人ばっかりだな」

北欧美人という言葉があるけれど、この世界でもそれは共通のようだ。

みんな色が白くて真っ青な瞳で、見ているだけで目の保養になるような状況。

思わず心がウキウキしてしまうのは、男なら仕方のないところだろう。

「本当ですね！　北の国は美人が多いとは聞きましたが、まさかこれほどとは！」

何だか今日のアリスは機嫌が良いな。

ちなみに、アリスは先日の試験は不合格という結末に終わっている。

ここについては第二階梯をギリギリ扱えるくらいでは、イザベラさんのお眼鏡にかなうことはできなかったということだ。

とはいっても、ツクヨミが一言言うだけで全てが解決した。

つまりは、俺たちの身の回りの世話をする従者という扱いで、討伐隊への同行が認められたのだ。

それでアリスは、昨日は見ていて気の毒なくらいに凹んでいたんだよな。

だから、俺としては気になっていたんだよ。

昨日、ベッドではしゃいでいる時もあったんだけど、それは俺を心配させないため……。

まあ、無理をしているという感じがあったんだけど、今日の笑顔は自然な形だ。

観光のノリみたいな感じの今の状況を楽しんでくれて、丁度良いリフレッシュになっているのかもしれない。

と、そこで俺は屋台で面白いものを発見した。

「店主さん、これは一体何ですか？」

「お客さんは南の方から来たのかな？　これはミシマスオレンジの果汁を凍らせたものだよ」

そこには串に刺さったオレンジ色のアイスキャンディが並んでいた。

つまりは、天然の冷凍庫で作られた氷菓というところらしいな。

どうやらアリスはアイスを食べたことがないらしく、興味津々にアイスキャンディを眺めている。

なので、店主に言って二つ用意してもらった。

「お、こりゃ美味い！」

昔、本当の両親と暮らしていた頃を思い出す味だ。

関西の親戚がアイスキャンディーをお土産に持ってきたことがあるんだよな。

豚まんやら餃子を売っている中華総菜のお店なんだが、夏になるとアイスキャンディーも有名という話で、食べてみると本当に滅茶苦茶美味しかったんだよ。

これはそれに近い味がして……いや、違うか。

元々のオレンジの糖度がやたら高いのか、明らかに昔食べたソレよりもこっちのほうが美味しい。

そのアイスキャンディーを食べた時にも感動したものだ。が、異世界産の素材差でこちらの勝利といったところだな。

「美味しいです、シノブ様！」

「ああ、滅茶苦茶美味いな！　驚いたよ」

美味しいアイスキャンディーを食べたことのある俺でも美味いと思うんだ。初めて食べるアリスの感動はひとしおと言ったところだろう。

アリスがニッコリと笑顔になったところで、思わず俺も笑顔になる。

「そういえば、ガブリエルは何か食うか？」

「私は結構でございます。朝食は既にとっておりますので」

「ツクヨミは？」

そこで俺は苦笑してしまった。

と、いうのも既にツクヨミはホットチョコレートのコップを片手に、他の店で買ったオレンジのアイスキャンディーを頬張っていたからだ。

あと、色々と紙袋を持っているので、絶賛でショッピングを満喫中らしい。

「お前って、本当にフリーダムだな」

「……自覚はあるけど、フリーダム加減ではお姉ちゃんよりはマシだから」

「まあ、アマテラスは見た目からしてアレだからな……」

現在、全力で岩戸にひきこもっているフリーダムな太陽の女神さま。

そのことを思うと、若干ではあるが憂鬱な気分になる。

っていうか、アレって召喚に制約が多すぎて使いにくいんだよなぁ……。

と、それはさておき——。

アリスにもホットチョコレートを買ってやって、そのまま俺たちは目的地へと向けて歩き始めたのだった。

†

辿り着いたのは大賢者イザベラの屋敷だ。

「イザベラ様はお忙しいのだ」

屋敷の門を守る門番は、開口一番にそう言った。

ちなみに、彼女は北方の都市に拠点を構えている有名人で、転生者が現れる前から生きている人間の一人ということだ。

彼女が転生者たちに狩られずに済んでいた理由は概ね二つ。

一つは、転生者の脅威となりえない程度の微妙な実力。

それともう一つは、ここが《暁の旅団》の勢力圏内ということだな。

香織さんが睨みを利かせている影響で、転生者たちもこの地ではあまり現地人に無茶ができない。

と、そういう事情もあって、イザベラさんはこの四百年間殺されずに生き残ることができたという顛末である。

「飯島忍が来たって言えば、多分何とかなるのでお願いします」

「イイジマシノブ？　そんな名は聞いたことがない」

そう言うと、俺を見た門番は怪訝な表情を作る。

「ああ、そういうことか。イザベラ様ほどの有名人となると、君のような輩《やから》が多いのだよ」

「俺みたいな輩？　どういうことです？」

「イザベラ様を口車に乗せて、その力を利用しようとする者が後を絶たんのだ。一々相手にしていてはキリがないので、一律にこういう対応をしている。すまんが正式にアポイントを取ってから出直してきたまえ」

まあ、それは分かる。

りれど、参ったな……と、俺はため息をついた。

当然ながらこの屋敷にやってきたのにも理由がある。

ここで文字通りの門前払いをされてしまうと、それこそ無駄足となってしまうわけだ。

「まあ、リリック帝国の大英雄であるノーチマス様のような方であれば……アポイントなしで通すがね。流石に女子供を連れた、チャラついた若い男を通すわけにもいかん」

さて、どうやって説得しようか。

そう思っていると、そこでツクヨミが口を開いた。

「良いからここを通しなさい。ツクヨミが来たと言えば、あの女はそれだけで分かるわ」

「ツクヨミ……？」

と、そこで門番は何やら考え込み始めた。

「そういえばこの前ここを通る時に、イザベラ様が放心状態でそのような名をブツブツ口に出していたような……」

イザベラさん的には、俺じゃなくてツクヨミの方が頭に残ってたみたいだな。

まあ、そりゃあインパクトあったから、それはそうなるだろう。

「ふーむ。まあ……胡散臭いのは間違いないが、屋敷の外の守衛室までなら通すのも構わんだろう。念のため、執事に確認してくるのでここで待つように」

†

使用人がイザベラさんに取次をしている間、通されたのは守衛室。

内装は質素で、そのままの意味で屋敷の守衛さんの休憩室って感じなんだろう。

ソファーテーブルとは言わないが、木製の粗末な丸椅子と机がある。

あと、部屋の隅には仮眠用の二段ベッドもあるな。と、そんな中、ガブリエルが話しかけてきた。

「しかし、シノブ様」

「何だガブリエル？」

「あのような……大賢者というにはおこがましいレベルの魔法使いが、本当にシノブ様に役に立つ技術を持っていると？」

「この前の駐屯地の中庭で、イザベラさんは魔力で杖を強化していただろ？」

大氾濫対策の魔物狩りの遠征が始まるのは、一か月後って言う話だ。

それまでの期間、用意されたホテルで食っちゃ寝しているってのも時間の無駄だしな。

ということで、俺はここにイザベラさんに教えを請いに来たというわけだ。

「以前に出会った転生者狩りの賢者もそうだが、この世界に生きる人間は独自に戦闘技術を高めているようだしな」

「ええ、確かに連中は高い戦闘能力を持っていましたが……イザベラはどう見ても強者には見えませんよ？」

「この場合、イザベラさん自体が俺たちより強いか弱いかの問題じゃないんだって。彼女の扱った武器強化術が、俺たちの役に立つかどうかが重要なんだ」

「……ふーむ」

納得がいかないと言う感じだったが、ガブリエルはそれ以上何も言わない。

まあ、俺としても使える技術なら儲けものくらいの感じで来てるからな。

他の転生者は現地人を見下しているフシがあるし、自分より弱い者から何かを学ぼうという気にはならないだろう。

でも、だからこそ、他の転生者よりも有利に立てる可能性がここにある。

本当に使えない感じだったら、軽くお茶でもして情報収集の後、あとは暇な時間で俺自身のレベリングやらアリスの強化方法を考えりゃあ良いわけだし。

と、その時、守衛室の外からドタドタと誰かが走ってくる音が聞こえてきた。

そしてドアノブを回す音が鳴るなり、血相を変えた先ほどの男が入ってきたのだ。

「も、申し訳ありませんでしたー！　貴女様方がそれほどの御方たちだとはツユほども思わずっ！」

入室するなりの、土下座だった。

屋敷の中で何が行われたのかが一目瞭然過ぎたので、俺は思わず苦笑してしまった。

でも、もしもこの人が屋敷で本気で怒られていたら、ちょっと気の毒なことをしてしまったのかもしれない。

守衛としては普通の対応だったと思うし、別に失礼というほどでもなかったしな。

「こ、こちらにどうぞ！　屋敷の応接室にご案内しますので！」

イザベラさんには後で「ちゃんと門番してた」という事実は言っておこう。

そう思いながら、俺は椅子から腰を上げたのだった。

†

先ほどとは打って変わっての豪華な応接間だった。

ほどなくしてノックの音が三回鳴って……ドアが開くかと思ったら、開かない。

シンと静まり返った応接室内。

どうして良いか分からないので、とりあえず「どうぞ」と言ってみると、今度はゆっくりとドアが開いた。

するとと青白い表情のイザベラさんが入ってきて、恐る恐るという感じでツクヨミの眼前まで歩いて来たんだよな。

そのままイザベラさんは床に膝をついて、ペコリと頭を下げる。

「ツ、ツ、ツ、ツクヨミ様……この度は門番が無礼を働いたのだとか」

「貴女、勘違いしてるわね」

「勘違いと……おっしゃいますと？」

するとツクヨミは俺の方を指さして、クスリと笑った。

「ウチのボスはシノブ君よ」

人に向かって指をさすな。

まあ、ツクヨミ相手にそれを言っても始まらない。

で、ツクヨミの言葉を受けたイザベラさんはぎょっとした表情を作った。

「こ、これは失礼しました……シノブ……様？」

「飯島忍です、イザベラさん。それと様付けは要りません」

「そのようなわけにはまいりません！　私もまた魔道を志す者で、あのような神の奇跡を見せられた以上は――」

「いや、俺なんてただの十七歳の……」

「十七歳！　十七歳にして超常の技を扱うツクヨミ様を従えるなどと……っ！　貴方様はなんという……っ！」

「とりあえず、膝をつくのは止めて頭をあげてください」

「そ、そのような……滅相もございません！」

うん、これはアレだな。

いくら言っても扱いを変えてくれない系の人だな。

「せめて頭だけでも上げてください。話をしにくいので」

そこまで言って、ようやくイザベラさんは頭をあげたんだけど、やはり膝は床についたままだ。

まあ、ここについては仕方ない。

だって、言うこと聞いてくれないもん。

と、いうことでソファーから立ち上がり、仕方がないので俺も膝をついた。

「……イイジマシノブ様？」

「単刀直入に言いますと、武器に魔力を込めて強化する技術を教えて欲しいんです」

「私のような者の技を……教えて欲しいと？　しかし、どうしてイイジマシノブ様が……膝をついているのでしょうか？　貴方様と私の力量差は天と地ほどにかけ離れているのですよ？」

「ええとですね、俺は貴女に教えを乞いに来たんですよ」

そうして俺はペコリと頭を下げた。

「あ、頭を下げるなんて——そのような……恐れ多いことでございますっ！」

「先生と生徒の関係です。そんなにおかしなことでもないでしょう？」

ニコリと笑ってそう言った。

すると、イザベラさんは「あわわ……」とばかりに口をパクパクと開閉させたのだった。

サイド：Aランク冒険者　ヨアヒム

大氾濫対策討伐隊選別試験。

Aランク冒険者である俺はもちろん試験を突破した。

高級宿ではなく、兵士用の駐屯地というのは気に食わない。

が、上級士官用の上等な部屋をあてがわれたので、それは良しとした。

で、今は自室で飲んでいるのだが——。

「あのクソ女め……っ！」

アリスとかいうメスガキが試験に落ちたのはケッサクだった。

が、ツクヨミとか言う女のことを思い出すと、せっかくの火酒も不味くなる。

「しかしヨアヒム。あのツクヨミとか言う女……尋常じゃなかったぞ？　なんせお前をデコピンで昏倒させたんだろ？」

「ガブリエルとかいう女もだ」

この男は古い馴染みで、名はネイサン。

俺と同じくAランク冒険者であり、この駐屯地で再会した時は驚いたもんだ。

「なあヨアヒム？　俺等は一騎当千と言われるAランク冒険者だよな？　そんな俺たちをして化け物と思わせるって――ありゃあ一体……何なんだ？」

「知るかよ。考えたくもねえ……ツキが落ちる」

と、そこで俺はかつてSランクに到達した、戦場の伝説とも呼ばれた男から聞いた話を思い出した。

「ネイサン……お前は神人って言葉を知ってるか？」

その言葉でネイサンはピクリと眉をひそめた。

「その話はしない方が良いんじゃねえか？　Aランク冒険者でも一部しか知らない事項だぞ？」

「ビビるんじゃねえよ。ちょっと話をするくらいで殺された奴なんて見たことねえ」

「いや、地方領主のマクシミアンだったか？　四十年前に領地まるごと焼け野原にされてるぞ？」

「あれは民衆を集めて、世界の支配の真実とか馬鹿な演説したからだろうが。知っている者同士で話をする分には問題ねーよ。誰も聞いちゃいないしな」

少し考えて、ネイサンはコクリと頷き、俺は言葉を続ける。

「お前も薄々と気づいてるとは思うが――」

「ああ、実際に見たのは初めてだが、アレは間違いなく神人だ。噂の方が大人しく見えるくらいにぶっ飛んでやがる。ともかく、アレには触れない方が良いだろう、一瞬で消し炭にされちまう。触らぬ神に祟《たた》りなしだぜ」

「触らぬ神に祟りなしはそのとおりなんだが、虎穴に入らずんば虎子を得ずという言葉もあるよな？」

そう言うと、ネイサンは怪訝に小首を傾げた。

「どういうことだ？」

「奴らの伝説にも色々あるが……カキンアイテムって言葉を知ってるか？」

「カキンアイテム？」

「伝説には尾ひれはひれってのが普通の話だが、カキンアイテムについては間違いなく本当の話だ。まあ、つまりはカキンアイテムってのは奴らだけが持っている、国宝って言葉でも足りないくらいの神話級アーティファクトのことらしい。奴らの間でも希少なモノらしく、出すところに出せば国が一つ買えるほどのシロモノらしいぜ」

「ふーむ。イマイチ実感が沸かんな。具体的にはカキンアイテムってのは何なんだ？」

「聖剣エクスカリバー、天極の宝珠、死の濁流、他にはゼウスの首飾りか。お前も知ってる実在するアーティファクトでいうとこの辺りだ」

「……それは本当の話か？　本当に国が一つ買えるレベルじゃねーか！」

「今言ったアーティファクトの全てが聖教会、商業ギルド、冒険者ギルド連合総本部の関連だ。つまり出所は全部が神人の集まりだろう？」

そこまで言って「あっ……」とネイサンは息を呑んだ。

「……確かにそうだ。信ぴょう性はあるな。で、どうするんだ？　まさか殺して奪うってわけにゃいかねーだろ？　逆に殺されちまうぜ」

と、そこで俺は良くぞ聞いてくれたとばかりに大きく頷いた。

「あの集団は明らかに異質だった。答えはそういうことだ」

「異質……？　美人揃いで後は犬とガキ……」

そういうとネイサンはニヤリと笑い、俺も同時に同じ笑みを浮かべた。

「そのとおりだ、女のガキを狙う。あのガキは子どもにしては相当な使い手だが、あの程度じゃ俺たちの敵じゃねえ」

「人質交渉でアーティファクトと交換ってところか？」

「そんな危ない橋を渡れるわけねーだろ。顔を覚えられたらどうしようもねーぞ？　その場は良くても、そのままずっと逃げ切れるとは思えねえ」

「と、なるとどうする？」

「あのガキは大討伐に荷物持ちで連れてくって話らしい。確率は高くはないだろうが、アーティファクトを持っている可能性もあるわけだ。とりあえず顔を見られないようにガキをさらって、殺して埋めてってのは確定だ。体を改めてカキンアイテムを持ってりゃラッキーってなもんで、あとはガキが消えたことについては知らぬ存ぜぬの一点張り……頃合いを見てトンズラだよ」

「……命を張るにしては、少しばかり計画が雑じゃねえか？　特にアーティファクトを持っているかどうかが不明というあたりがな」

「まあ、そりゃあそうなんだが……」

予想していた回答だ。

肩をすくめて、俺はネイサンにこう尋ねた。

「神人の女を無理やり犯すって、中々に燃えねーか？　こんなレアな条件の女はもう出会えねーぞ？」

その言葉を聞いて、ネイサンは「呆れた……」という表情を作る。

「本当に昔からお前は……小国の姫やら侯爵の妃やら、高貴な女が大好きだな」

「で、どうするんだ？」

「俺も高貴な女をグチャグチャにするのは大好きだ。高貴な女を攫《さら》ってからの凌辱《りょうじょく》、そして殺して山に埋めるって案件では、俺たちゃこれまで三十七戦三十七勝。今回も証拠は残さないぜ」

元々、少年時代の俺たちが『強さ』を求めたのには理由がある。

当時、孤児だった俺たちは貴族のババアに性奴隷として買われて、それはもう無茶な扱いをされたものだ。

まあ、隙を見てババアを殺して、身分を偽り冒険者になったのだが……。

ともかく、あの頃のトラウマで、性癖がお互いに歪んじまったってのは笑えねえ。

もちろん、俺たちは冒険者ギルドではそれなりに名がある立場だ。

無論、これは二人だけの秘密となっている。

「ともかく、やべえのはツクヨミとガブリエルだ。隙をついてアーティファクトを奪取するぞ」

「いや、もうアーティファクトはこの際はついでだ――あのガキこそが俺たちの本命の獲物だぜ！」

そうして、俺とネイサンはガッチリと握手をかわしたのだった。

サイド：飯島忍

氷雪の大平原。

照り返しのキツイ日差しの中で、俺たちは武器に魔力を込める訓練を行っていた。

「つまりだなアリス。イザベラさん曰く……まずは体に流れる魔力の流れを制御するわけだ」

俺が握っているのは神話級ゴブリンからドロップしたナイフだ。

まずは魔力を右腕に集めて、ナイフを握っている掌に集中させる。

「それでそのまま、掌からナイフに魔力を流す」

言葉の通りにナイフに魔力が流れていく。

「で、バフ系の魔法の応用で、ナイフの強度を高めるということだな。これを更に次元転移魔法とかの感じで応用すると――」

ナイフに伝わった魔力が一点に集まり、光の玉となって抜け出て宙に浮かぶ。

そして、光の玉はゆっくりと地面に落ちる。

と、同時に俺はバフ系魔法というか……防御力を高める魔法の応用で雪を固めていく。

すると、落下点を中心とした半径五メートルほどの雪がアイススケート場のようなカチコチの氷に変わった。

「更に影分身系の分裂型の魔法を応用すると――」

ナイフに流れている魔力を集めて、二十個程度に分割する。

で、先ほどと同じように光の玉に変える。

結果として、周囲に二十個ほどのアイススケート場ができた。

うん、我ながら上出来だ。

「と、まあ、こんな感じで――」

「どんな感じなんですかっ!?」

うん、その反応になることは知ってた。

っていうか、俺たち転生者は魔力操作がセミオート機能みたいなんだよな。

確かに、アリスも第二階梯の魔法を巻物《スクロール》で扱えるようにはなった。

だけど、実践運用レベルにするためには結構な時間が必要なようだ。

つまりは真面目に勉強したり、試し撃ちを繰り返したりしないとダメっぽい。

なんというか、知識や術式として頭に刻みこめば、すぐにどうこうできるような話でもないらしいんだ。

俺たちの場合は巻物《スクロール》どころか、レベルが上がるだけですんなりできるんだけどな。

「ええとアリス……とりあえずどこから分からないんだ？」

「掌に魔力を集めるところまでは分かります。が、そこからサッパリ分かりません。バフ魔法というのがそもそも分かりませんし、途中で『次元転移魔法の応用』っていう、完全に意味が分からない単語も出てきましたし……」

ちなみに、召喚師は味方からのバフを受け付けないし、味方にバフをかけることもできない。

召喚獣っていうソロプレイに特化した性能をメリットとすると、それが最大のデメリットでもある。

ただし、バフ魔法の術式そのものは頭の中に入っているので、今回の応用に役に立てることはできた。

この技術は、要は魔法剣とかのイメージに近いのかな。

単純にバフを応用して武器の硬度を上げたり、あるいは武器に火炎系の魔法を乗せたりといった感じ。

でも、高レベルの武器って、最初から魔法効果が付与されているんだよな。

そこに余計なことをしちゃうと、邪魔にする感じになっちゃうので、武器の強化には使えない。

と、そんな感じで最初は使えない技術だと思ったんだよ。

けれど、世の中には錬金術で生成するゴーレムってのがあって……そこで俺は閃いた。

──武器じゃなくて召喚獣の強化に使えるんじゃねーか？

そう思って、現在色々と検証中ということだな。

と、それはさておき、アリスにとっても魔力操作全般に関する底上げには、この技術の訓練は間違いなく有用だろう。

なので、既にガブリエルに言って、トレーニングの日課に加えるようにしてある。

「まあ、焦らずにいこうアリス。この訓練は確実にお前の強化につながるはずだから」

「いや、でも……」

と、しょぼくれた感じでアリスはため息をついた。

「やっぱり、私とシノブ様たちって……全然違うんですね」

「俺らの場合は、ただのプレイヤー補正みたいなもんだから気にするな」

「いや、でも……気にしますよ？　シノブ様も魔力による武器強化は初心者だったんですよね？　それをたった数時間でこれだけの差が出てるんですよ……？　しかも私はイザベラさんの討伐隊採用試験にも落ちてしまっているし……」

責任感が強いというか、何というか。

見ていて気の毒になるような落ち込みようだ。

だけど、少しでも俺たちの役に立つようになりたいっていう、そういう気持ちは良く伝わってくる。

こういう経験をバネにするってのは悪いことではない。だけど、どんよりとした空気が場を支配しすぎるのも良くないいな。

ってことで、雰囲気を変える方向に話題を振ってみようか。

「とりあえず飯にしよう。腹が減っては何とやらって言うしな」

ガブリエルに話を振ると、彼女は小さく頷いた。

「アイテムボックス内の食材は万全です。ご希望のメニューがあれば……」

ちなみに、ツクヨミは変わらずのフリーダムだ。

大雪原だと言うのに、黒のビキニにビーチチェアー……オマケにチャイナブルーのカクテルを片手に、サングラスで南国バカンス気分を味わっている。

遊びに来ているのかこいつは！

そう思うが、ツクヨミがマイペースってことは、今が平和ってことだからそれで良いってことでもある。

「あ、そういえば……シノブ様ってホリホリ鳥が好物でしたよね？」

「おう、良く知ってたなアリス。あれのフライドチキンは美味いんだよ」

そう言うと、ガブリエルが残念そうに首を左右に振った。

「そちらの在庫については切らしておりまして……。市場にも滅多に出回らない食材故、申し訳ございませんシノブ様」

「いや、別に気にしなくて良いぞガブリエル。お前は十分に有能だ」

身の回りの世話はいつも完璧にやってくれているしな。

それにアウトドアグッズやら食料の備蓄なりも文句のつけようもない。

この世界に降り立ってからまだ間もない。

そもそも召喚状態にして街にいる時間も少なかったし、この状況では本当にガブリエルは良くやってくれている。

「あ、いえ、そういうことじゃないんですよガブリエルさん、シノブ様」

「ん？　どういうことだ？」

「ほら、森の上……あそこに飛んでます。ホリホリ鳥」

アリスの指さす遠い先には、三キロほど先かな？

そこには平原の終わりと、大森林地帯の始まりの境界があった。

どういうこっちゃと思いながら、遠視の魔法を使ってみると――。

「本当だ。飛んでる……ガブリエル、お前は気づいていたか？」

言葉の通り、本当にそこにはホリホリ鳥が飛んでいたので俺は驚いた。

「申し訳ございませんシノブ様。私も遠視の魔法を使ってようやく……」

「アリス、お前、何か魔法を使ったのか？」

「いいえ、裸眼ですよ。私たちの部族って森で生きてきたでしょう？　それに獣人ですし、ヒト族よりも五感が優れているんです」

マジかよ……と、俺は絶句する。

いや、でも、考えてみればおかしいことではないのか？

だってこいつって猫耳生えてるし、尻尾もあるし。やっぱ、色々と人間と違う部分はあるんだろう。

と、そこで俺の頭に何かが引っかかった。


――人間とは違う五感？


いや、待て、ひょっとして……と、俺はゴクリと息を呑んだ。

「俺の勝手な思い込みかもしれないが、アリスの種族は弓矢の扱いが人間よりも優れているようなことはあるか？」

「弓矢に限らず、飛び道具なら私たちの専売特許ですよ？　目も耳も良いですし、感覚だけで風の流れなんかも分かっちゃって……だからこそ原住民なんて言われているんですけどね」

「アリス、具体的には弓矢の扱いはどんなもんなんだ？」

「大人の戦猫耳族なら、五百メートルくらいの精密射撃は可能ですね。とはいえ、そのレンジなら遠距離魔法使いによる儀式魔法の専売特許ですし、自慢できるようなものではありません」

自嘲しながら力なく笑うアリスに、俺は嬉しさのあまりにギュッと抱き着いてしまった。

「ど、どうしたんですかシノブ様!?」

「見つけたんだよ」

「見つけたって……何を？」

「アリス、お前の戦力としての運用法だよっ！」

†

雪明りに照らされた大雪原での野営。

全ての弾丸に魔力を込め終えた俺は軽く息をついた。

・TAC－50　アンチマテリアルライフル。
・ブローニングM2重機関銃。
・M134ミニガン。
・M84スタングレネード。
・弾丸類各種。

ギルドコインを全て銃器に変えてしまったが、アリスの強化にはこれらは欠かせない。

まあ、本格的にギルドコインを変えてしまう前に一応の実験はしたんだが、ドンピシャだった。


――TAC－50　アンチマテリアルライフル。


つまりは超長距離の狙撃銃だ。

実戦での世界記録として、三千メートル以上先の目標に着弾記録があるのはアイテム説明の欄にあるとおり。

これをアリスに使わせたらどうなるか？

こういう目論見で色々とやらせてみた。

で、たった三日の訓練で七千メートル以上の長距離射撃の安定着弾を可能にしたんだから、俺としては全力で投資せざるを得ない状況になったということだ。

ゴ○ゴ13かよ！

と、ツッコミを入れたくなるレベルなんだが、どうにもやっぱり種族的に長距離射撃に適性があるみたいなんだよな。

それがはたして、ゲームシステム的な意味での補正なのか。

あるいは純粋に五感が人間より優れているからなのかは知らないけれど。

で、更に言うと、魔力による武器強化で、弾丸も銃の性能も桁違いに上がる現象も確認済み。銃弾を発射した際の反動まで軽減されるってんだから驚きを禁じ得ない。

っていうか、だからこその七千メートルって言う意味不明な狙撃が可能になったわけだ。

けれど、そうなってくるとやはり色々とキナ臭いものを感じざるを得ない。

銃器類なんてどうして必要なんだ？

と、最初はそういう風に思っていた。

けど、現地人をお手軽に戦力にするのには、これってうってつけなんだよ。

現地人が魔法を覚えるための巻物《スクロール》が交換一覧にあったのも、こうなってくるとどうにも偶然には思えない。

と、それはさておき、ツクヨミにレベル40程度の魔物を召喚してもらったんだが、この程度の魔物であれば強化型アンチマテリアルライフルで致命打を与えることができるのは実証済みとなっている。

この世界では魔物を倒す際に、貢献度に応じて経験値が分配されるシステムが採用されている。

アリスに以前にスカイドラゴンで一度やったみたいな方法は、初心者のレベリング救済みたいな感じだから、あれは一回こっきり。

なので、超長距離からの精密射撃となれば、これほど安全にレベリングができる方法もないわけだ。

まあ、現地民を戦力化しようなんていうのは、ＮＰＣをアガルタに連れて行かなくちゃいけない俺だけの事情だ。

ギルドコインも有限である以上、そういうことを試した転生者はほとんどいないと思うんだけど……。

と、そこでアリスを抱えたガブリエルが帰ってきた。

「ただいま戻りました。シノブ様」

見た感じ、限界に達してアリスがぶっ倒れたという感じだな。

いつものガブリエルのスパルタ教育ということで、俺としては苦笑せざるを得ない。

「流石に朝の四時までは感心しないな。肉体的な疲労は魔法で回復できる。けれど、精神的な負荷はかけすぎると良くないぞ」

「いえ、私は日付が変わる頃に切り上げようと思ったのですが——アリスがそう望みましたので」

「……アリスが？　どういうことだ？」

アリスの状況を見るに、本当にクタクタとしか形容できないシロモノだ。

こいつは自分で自分をぶっ倒れるまで追い込んだと……そういうことか？

「先日の討伐試験の不合格及び、本日のシノブ様との魔力制御について、思うところがあったようですね」

「……足手まといになりたくないということか」

「事実、役立たずですからね」

ガブリエルの辛辣な言葉に、再度俺は苦笑してしまう。

ツクヨミにしろガブリエルにしろ、後はケルベロスもそうだな。

本当に俺の配下には、強烈な性格の奴しかいない。

と、そこでガブリエルは「けれど——」と、無表情の面の中に柔らかい微笑を浮かべた。

「その意気や良し。そういう風に私はこの娘を評価しております」

ガブリエルに担がれ、寝息を立てているアリスの頭をそっと撫でてやる。

十五歳の娘がそこまで気合い入っていて、それを好ましく思わない奴なんていやしない。

いや、ツクヨミ辺りは怪しそうだけど……。

まあ、ケルベロスもアリスのことは憎からず思っているようだ。恐らくはケルベロスもそういうところを認めているのかもしれない。

「ガブリエル。分かっているとは思うが、疲労回復魔法をかけてやってくれ。勿論、アリスを起こさないようにな」

「御意」

「あと、本人が望んだとしても、ギリギリのラインはわきまえてやってくれよな」

「時にシノブ様。アリスについては第三階梯以降の魔法の習得は一旦ストップとし、魔力運用を高めるという方針でよろしいでしょうか？」

「それと、安全に攻撃できる武器の目途もついたからレベリングだな。この周囲の魔物なら、経験値が入らなくなるまで……そうだな、レベル20程度までは上がるだろう」

「それでシノブ様は、予定どおりでしょうか？」

「ああ」と俺は頷いた。

「時間は有効活用しないとな。香織さんの許可も出ているし」

「ケルベロスは本来の力を取り戻すための休息。同行するのはツクヨミのみ……私は本当に行かなくてもよろしいので？」

「お前にはアリスのお守りの他にも、アマテラスの召喚条件を満たす任もある。神威解放もあるし、バハムートやリヴァイアサンの二軍起用で問題ないだろう」

「杞憂《きゆう》かもしれませんが、危ないと少しでも思えば即時撤退を進言します」

「俺も命は惜しい。計画を練り直せば良いだけだし、危なくなったらここに戻ってお前も連れて行くさ」

俺が今から向かおうとしている場所は、ダンジョン：水慧《すいけい》の大図書館。

禁術書の類がわんさかある場所だ。

元々はアリスの巻物《スクロール》探しのために行こうとしていた場所であり、《暁の旅団》の管轄地でもある。

第三階梯以降のアリスの巻物《スクロール》も当然探す。

だが、それ以外にもゴーレム関係の錬金術書も欲しい。

つまりは、錬金術にイザベラさんの魔力強化も併用して、ガブリエルたちそのものを魔力強化する方法を探る。それが今回のダンジョン探索目的だ。

「貴方様は我らが心の支えであり、生きる意味そのものです。くれぐれもご自愛を」

「レベル差がありすぎて経験値も取得できないような場所だぜ？　大袈裟なんだよ」

余談だが香織さん曰く、レベル99に到達していない転生者は相当数いる。

けれど、彼らの中にわざわざ危険を冒してレベルアップする人間はほとんどいないということだ。

それもそのはずで、レベルが50もあれば現地人からすると神の領域なんだ。わざわざそれ以上の危険を冒して力を求める必要もないという話。

まあ、レベルが10〜40くらいの人は、安全マージンをガッツリとった上でレベルアップした人もチラホラいるということだが。

「それではご武運を」

「ああ、後のことは任せたからな」

†

さて、いよいよ明日が大討伐の遠征となった。

ちなみにガブリエルたちの強化も万全で、ステータス的には20%アップという状況になっている。

本当は俺のレベリングもやりたかったんだけど、まずは安全な方法で戦力の充実が先決。

まあ、戦果は上々と言ったところだろう。

低レベル過ぎる魔物を狩っても経験値は入らない。なので、どうしてもレベリングにはリスクも伴う。

やはり、やれることはやってからレベリングに臨むのがベストだろう。

ちなみにアリスのレベリングも順調で、銃火器で魔物を倒しに倒して、現在はレベル20にまで急成長している。

今回の大遠征の相手はフロストオーク程度だ。

重機関銃での制圧射撃なんかで、ひょっとしたら一人でも相当戦えるんじゃないかなと思っている。

まあ、そんな感じで全ては順調に行ってるわけで、明日に備えてそろそろ寝ようか。

最初は用意された無駄に広すぎる寝室に落ち着かなかったが、今日で最後と思うと名残惜しくもある。

そんなことを思っていると、俺の頭の中で『ピロリロリン♪』と機械音が鳴った。

――全てのフロストオークの討伐が確認されました。

――ギルドクエスト：永久凍土の大氾濫が達成されました。

――ギルドクエスト初回報酬としてボーナスを加算しギルドコイン千枚を付与します。

突然眼前に現れたメッセージウインドウに、理解が追いつかない。

「どういうことだ？」

そう呟くと同時、追い打ちをかけるように神の声が更に続いた。

――十時間後に強襲イベント：甘き死を告げる古代花が開始されます。

――十時間後に古代花は目を覚まし、周囲の命を養分にして急速に成長します。

――おおよそ二十四時間で人類の討伐能力の限界を超えますので、それまでに古代花を討伐しましょう。

そんな文面がメッセージウインドウに載ったところで、ゾクリと俺の背筋に嫌な汗が走った。

――フロストオーク。

――北の都市。

――そして、古代花。


杞憂だったら良いが、まさかそこまで偶然が続くとも思えない。

と、いうか……『甘き死を告げる古代花』という言葉で既に状況は確定している。

「ガブリエル、どうやら不味いことになった」

「ええ、そのようですね。今回のギルドクエスト――場所は北の都市で、相手はフロストオークという時点で私が気づいておくべきでした。申し訳ございません、シノブ様」

「いや、こんなもん気づけって言う方が無理だろう。そもそも、レイドイベントがこの世界で起きるなんて聞いちゃいないし、しかも何で過去イベントが……？」


――強襲イベント：甘き死を告げる古代花。


これはゲーム内で初めてレイドボスが登場した時のイベントだ。

確かフロストオークの巣に根付いた、宇宙より飛来した謎の植物とかいう設定だったか。

イベント開始と同時に急速に成長して、二十四時間で手が付けられなくなって世界が終わる。

だから、成長する前に全員で殴りまくれという設定のレイドボスイベントだ。

ちなみに、一体目を倒した以降はイベント終了まで延々と古代花の残滓《ざんし》という名の分体が湧いてくる。

ゲーム内でのスタミナが許す限りに殴りまくって、ダメージコンテストをしながら報酬を得るという……そんな感じの良くある形のイベント。

一体目はすぐに死ぬし、特に報酬も多いから早いもの勝ちみたいなノリだったかな。

もしもアクティブユーザー数が僅少で、一体目を二十四時間で倒せなかったらサービス終了かよなんて当時ネットでは言われてた。

が、それについては割とマジで笑えない話を聞いたことがある。

初っ端のイベントにこれをもってきたのは、初動ユーザー数で運営が立ち行かないと判断した場合――。

つまりは一体目を二十四時間以内に倒せない程度のユーザー数なら、マジでこのイベントを契機にサービス終了という話もあったらしいのだ。もちろんあくまで噂ではあったが。

「シノブ様。《暁の旅団》はレイドイベントについては存在しないと言っていたのですよね？　彼らが我々に情報を隠蔽していたというセンはどうでしょうか？」

「その可能性もないことはない。けど、今回がこの世界での初めてのレイドイベントだというのが自然なような気がするな。わざわざ復刻みたいな感じで一回目からやってるわけだし」

その言葉でガブリエルは小さく頷いた。

「さて、どうしましょうかシノブ様」

「今回は、マジでどうなるか分かんねえからな」

「ええ。二十四時間で手が付けられなくなるという設定が、この世界でどのように反映されるかは分かりませんが、一刻も早く動いた方がよろしいでしょう」

「フロストオークの巣の場所は分かっているな？　今すぐに向かうぞ」

「御意のままに」

と、そこで俺は香織さんから預かっていた、《暁の旅団》ギルド員専用の通信玉を取り出した。

「《暁の旅団》に援軍を頼まれるのですか？」

「レイドイベントだ。事情を話せば全員が飛んでくるだろう」

実際に、全世界の転生者が危機に瀕している可能性がある。

香織さんに伝えれば《暁の旅団》だけでなく、他にも世界中から援軍が来るだろう。

と、水晶玉を弄《いじ》って俺は舌打ちをした。

「クソ……ッ！」

通信球を使用したが、香織さんからの応答がない。

っていうか、そもそもつながっていないらしい。

ひょっとして……と、そう思った俺は窓から顔を出して、外を眺めた。

「これは本格的に不味いな」

都市の支配圏内を境に、外側が完全なる漆黒の闇に包まれていた。

香織さんに以前教えてもらったことがあるが、超高難度のダンジョンの最終地点——未実装エリアでは次元の壁があのような形で出ることがあるらしい。

そして、その次元の壁は何をやっても壊すことはできない……と。

「まさかとは思いますがシノブ様……」

「いや、そのまさかだろう」

メッセージウインドウに描かれている文字を見て、俺は諦めたように首を左右に振った。

——参加人数制限：一人。

そして、新規エントリー受付不可との記載もあるから、これはもう間違いない。

「レイドイベントをソロプレイでクリアーしろだと……？」

そのまま、俺は吐き捨てるようにメッセージウインドウに向けてこう呟いた。

「ふざけてんじゃねえぞ……神の声っ！」

そうして俺たちは暗闇の境界まで飛んで、破壊不可の見えない壁ができていることを確認してから、陰鬱な気持ちで大氾濫の中心地へと向かったのだった。

†

古代花の様子を窺おうと、五キロほどの距離まで来た。

と、その時、飛翔魔法で飛んでいる俺たちは次元の壁に遭遇した。

「イベント開始までは立ち入り禁止ということみたいね、シノブ君」

恐らくは都市圏の境界にできた暗闇の壁と同じものだろう。

これ以上は近寄れないらしいが、この壁は透明なので遠視魔法で状況は目視できる。

「あれが古代花か」

川の上——谷の頂上の切り立った崖の上。

水面から五百メートルほどはある、高い高い崖の上にあるフロストオークの巣は、一本の巨大な樹木に呑まれていた。

巨大樹木の樹高は目測三百メートルと言ったところか。

幹や枝や葉まであわせた横幅は百メートル程度で、これで種から顔を出したばかりの幼木というから相当なものだ。

元々、この魔物は人間の精を吸うというドライアドをベースに作られている。

で、そのものズバリで樹木表面にはドライアドを模した核があるはずだ。

遠視魔法でその位置を確認すると、丁度大木の中心部にそれっぽいモノを確認できた。

ただし、その周囲では迎撃用の無数のツルやツタがうごめいていて、簡単にはコアへの攻撃ができるという風ではない。

「で、どうするの？」

「まあ、とりあえずはアレの処理だな」

次元の壁に挟まれた結界とも言うべき空間。

その向こう側では大量の魔物たちがこちら側に逃げるべく、何度も何度も壁に体当たりをしている姿が見える。

察するに——。

どうやら、結界内にはフロストオークの巣以外にも、いくつかの魔物の巣があったらしい。

彼らからすると、突然フロストオークの巣が壊滅した状況だ。

さらに被せて、禍々しい魔力を放つ魔物——巨大樹木が現れたのだから、逃避行動をとるのは自然の摂理と言ったところだろう。

そして、その行動は生存本能としては100%正しい。

何故なら、古代花が本格的に活動を始めた瞬間に、アレ等は氷結と同時に餌になるのだから。

「しかし、1000を超えそうな魔物の群れ……か」

見渡す限りの次元の壁、その全てに魔物がこちらに出ようと張り付いているという嫌な光景だ。

古代花の性質上、食えば食うだけ力をつける。

それで巨大になって更に食う速度が上がって、力をつけて巨大になって……と、雪だるま式に力が蓄積するというシステムだ。

そうである以上、初手であの魔物の群れを食われるのは……非常に不味い。

「大前提としてアレには何も食わせない。結界内部に見えている魔物も含めて、何一つとしてな」

だって、二十四時間で山脈に匹敵するような大きさになるって話だからな。

少しでも食べさせれば大幅にパワーアップしてしまうことになりかねないというか、何が起きるか分からない。

「一匹でも魔物を食わせてしまえば、俺たちの勝ちの目は消えると思った方が良い。その前提で動くぞ」

「ええ、分かったわシノブ君。けど、本当に——」

と、ツクヨミは古代花の樹木を見上げて、妖艶に笑って言葉を続けた。

「汚い花ね」

ツクヨミの視線の先。

樹木の頂上付近には、半径五十メートルほどのラフレシアの華が咲いていたのだった。

†

と、まあ、そんなこんなで——。

イベント開始まで残り一時間。

色んな準備に一晩駆け回っていたが、ギリギリで何とか間に合った。

ガブリエル、ツクヨミ、人型状態のケルベロス、そして二丁の巨大な銃器を背負ったアリス。

俺たちはイザベラさんと共に、北の都市の兵士駐屯所で出撃前の作戦確認を行っていた。

「イイジマシノブ様。本当に敵本陣に向かうのは、貴方様たちだけでよろしいのでしょうか？」

イザベラさんの言葉に俺は大きく頷いた。

「俺たち以外は全員足手まといになりますから」

「しかし、その……れいどぼすですか？　それは貴方様たちをもってしても、脅威になるというのは本当なのでしょうか？」

「ええ、本当です」

と、言うよりも、俺たちでも良く分からない事態が起きているという方が正しい。

そもそも、ラヴィータオンラインにおいてのレイドボスは、基本的にこちらに反撃をすることがない。

全員で一方的にタコ殴りにして、制限ターン内でどれだけのダメージを与えたかみたいなことを競うイベントだったわけだしな。

それがこのゲームの中で、実際の敵として出てきた場合にどうなるか？

そんなもん、俺に分かるわけがない。

「まあ、貴方様がたが言うなら、その通りなのでしょう」

「それで、イザベラさんたちにお願いしたいことなんですが……」

「ええ、先刻お話を聞かせていただいた、街の死守ですね」

「最後の確認ですが、もう一度言いますね。氷結の古代花の周囲には魔物の巣が大小五つありました」

「そのように伺っております」

「それで、魔物たちは古代花の張った結界に閉じ込められていて、そのギリギリのところまで既に逃げてきているんです」

システム上の次元の歪みとか壁とか言っても、イザベラさんには理解しづらいだろう。なので、ここは嘘は方便と言ったところかな。

「今は眠っていますが古代花が活性化すると、周囲の全てを氷結させ、養分としてあらゆる命を吸いつくしながら爆発的な速度で巨大化していくはずです」

「結界が解除されると同時に古代花が活性化するという話ですよね。しかし、いくら古代花に魔物の命を吸わせないためとは言え……何とも大胆な作戦でございますね」

俺がイザベラさんに説明したのは次のような内容だった。

①　結界が解けると同時に、魔物たちは我先にと人里へと向けて逃げようとする。
②　放っておくと逃げ切れずに魔物はすぐに古代花の餌になる。餌を食べると古代花は巨大化して強くなる。

③　なので、魔物を食べさせないために、古代花の発する魅了関係の状態異常耐性、及び氷結に対する耐性、最後に加速関係のバフを魔物に施して逃走を助ける。
④　逃走してきた魔物は危険なので、都市に被害が出る前に討伐する。

たのには驚いた。

あと、召喚師のバフは人間には効かないけど、敵の魔物には効くっていうのが本当だっ
なので、ここについては苦笑するしかないだろう。

まあ、自分でも中々に大胆だとは思っている。

この辺りは本当にどうなってるのか良く分からない。

が、プログラマーの設計ミスなどの、身も蓋もないところ辺りが真相な気がする。

「それでイイジマシノブ様？　私たちは溢れ出てきた魔物の対処のみをすれば良いということですよね？」

「ええ、この都市についてはイザベラさんの方が良く知っていると思います。守る方法についての意見を聞かせてください」

「それについては、都市を覆う外壁の薄いところを守るという方法もありますが……」

イザベラさんの言葉に俺も大きく頷いた。

「迎え撃つんですね」

「ええ、そのとおりです。魔物は城壁内にいる人間よりも、外にいる人間を襲う傾向がありますので」

「外に多くの人間がいるのなら、そちらの方に魔物が集まる。逆に言うと、全員で立てこもってしまうと、外壁の四方八方から襲われて、逆に守りがたい。この理解でよろしいでしょうか？」

「はい、イイジマシノブ様は魔導の専門家だと思われますが……これは冒険者や用兵方法の知識です。良く勉強なされていますね」

まあ、この辺りはこの一か月で俺が調べた知識だ。

古代図書館の禁術本じゃなくて、一緒に読み漁《あさ》っていた役に立つかもしれない本……。

まあ、冒険者関連のマニュアル本とかに書いてた程度の話だ。

と、そこで俺は右手を胸の高さまであげて、魔法を行使した。

「第四階梯：索敵地図《リアルタイムマッピング》」

周辺状況を地図にして表す魔法だ。

すぐに俺の手の中に一枚の地図が現れた。

「本当に……流石ですね。平然と第四階梯とは……」

イザベラさんのコメカミの辺りがヒクヒクしている。

やはり、聞いている通り、イザベラさんの力量は、第四階梯は扱えない程度なのだろう。

っていうか、今ので周囲の冒険者や兵士たちは騒然としてしまっている。

が、今は一々相手にしている時間もない。

「それでイザベラさん。ええと、そういう話なら……打って出るなら、壁門を出たここの一本道辺りでしょうか？」

「そうですね。ここであれば森の一本道に魔物が溢れた場合、魔術隊による範囲魔法の効果が最も出るかと思います」

「それで、予想される被害はどれくらいでしょうか？」

「都市の住民は既に避難させております。酷いことにはならないでしょう」

その言葉を聞いて安心した俺は、イザベラさんにペコリと頭を下げた。

「正直な話、こちらには手が回らないかもしれませんので、助かります」

「ええ。これでもかつてはリリック帝国の守護四剣と呼ばれた大賢者ですから——守ることは得意なのですよ」

「頼りにしてますよ、イザベラさん」

本心の言葉でそう言った後、俺はアリスの頭にポンと掌を置いた。

「それとアリス。お前もな」

「私が……ですか？」

「今からここに来る魔物程度なら、お前にはもう十分に戦える力があるはずだ。任せたぞ」

そういうと、アリスはしどろもどろになりながらも、最後には興奮した様子で頬を染め、胸を張って小さく頷いた。

「は……はい！　頑張りますシノブ様！」

†

イベント開始五分前。

想定通りに古代花との接触を隔てていた壁が取り除かれた。

これはゲームと同じ仕様だな。

レイドイベント開始の数分前に、対戦画面に飛べるのと全く同じだ。

そして、やはりゲームと同じなら、開始と同時にスタンバっている全プレイヤーによる、よってたかってのタコ殴りが始まることになる。

だが、この場にいるのは俺一人。

その事実に、背筋に悪寒が走らざるを得ない。

「見るのは二度目だが……間近で見ると圧巻だな」

前回は数キロほど遠くからの光景だった。

が、既に樹木まで五十メートルの距離だ。

そして、この距離まで来ると、見上げてようやく全貌が見えるなんて生易しいモノじゃなくて――


――辺り一面、正面に見える全てが古代花という状況。


飛翔魔法で浮かび上がる。

そのまま、樹木の中心の核である女型の木人：ドライアドの近くまで飛んでいく。

「ここもゲームと同じか」

ドライアドの右上には、細長い青色のＨＰバーが見える。

長さは一メートル程度。あれを削り切れば、こちらの勝ちだ。

そして、ドライアドの眼前にはご丁寧なことにゲームと同じ『開始まで残り四十五秒』という表記までが浮かんでいた。

「シノブ様。それでは手筈通りに……」

「ああ、ガブリエル。初手の爆撃からアレにつなげる」

「御意のままに」

——残り三十秒。

「ケルベロス。お前はスキルで全員を守ってくれ」

「主《あるじ》の望むがままに」

——二十秒。

「ツクヨミ……」

「分かってるわシノブ君。もうすぐ始まる——集中して」

——三。

——二。

——READY……。

と、文字が英語に変わったところで、俺とガブリエルは第五階梯魔法を同時に放った。

これも、ゲームと同じ。

開始直前、一秒～二秒程度の間にフライング攻撃ができるバグがあるのはコアなユーザーなら誰でも知っている。

そして、先制攻撃の奇襲で攻撃するのは核のドライアドではなくその下。つまりは――


――地面だっ！


切り立った崖の上。

更に言えば五百メートルという高さを利用して、まずは落下を狙う。

なんせ、これだけの巨大質量だ。

落下だけでも相当なダメージを狙えるだろう。

第五階梯での攻撃はいつでもできるが、重力落下を利用した攻撃を確実に決めるにはこの一度限りしかない。

と、いうのも古代花が活動を開始すると、手足が生えてトレント形態になるからだ。

「第五階梯：次元斬《エクスカリバー》っ！」

空間を丸ごと断絶する俺の魔法斬撃で、地面に切れ目を入れる。

だが、これだけでは足場を崩すには至らない。

「第五階梯：神聖核爆撃《ホーリーニュークリアー》っ！」

そこに被せてガブリエルの第五階梯が火を噴いた。

ガブリエルの魔法適性は回復魔法タイプなので、攻撃魔法の火力は知れている。

が、既にくさびは打ってある。

俺が切りこみを入れた地中深くで爆発が起き、そこで足場に異変が起きた。

大気までを振動させるような地響き。

地面はゴゴゴと谷に向けて崩れ始め、必然的にその上に所在している古代花も滑り落ちていく。

そのサイズ感のためか、ゆっくりゆっくりという風に見えるが——実際には猛烈な速度。


——ズゥ——ンッ！


肺の底まで震撼《しんかん》させるような重低音が鳴り響く。

樹木は落下しながら百八十度回り、頭から地面に叩きつけられた。

土砂と共に葉が谷底に舞い、折れた巨大な枝が地面に飛び散っていく。

そこで遠視の魔法でドライアドのHPバーを確認して、俺の肺からは呆れた笑い声が漏れ出してきた。

「1パーセントも減りやしねえ」

言葉と同時、ガブリエルの舌打ちがその場に響き渡る。

それもそのはずで、見る間に古代花の樹木から手足が生えてきて……あろうことか三百メートルの巨体が起き上がってきたのだ。

頭がラフレシアで、手足の生えた巨大トレント。

花という名称が、これほど似合わない醜い魔物もそうはいない。

だが、俺たちもコレだけでどうにかなる相手だとは最初から思っちゃいない。

それに何より俺たちの奇襲はまだ完成してはいないのだ。

「第五階梯：腐敗と死の濁流《トイズボックス》」

ツクヨミの甲高い声色と共に、谷底に棺桶が召喚される。

何故、俺たちが初手にツクヨミの最強技をもってきたのかには理由がある。それはつまり——

・第五階梯：腐敗と死の濁流《トイズボックス》
延々とネクロマンサーの儀式と式神召喚を続け、第三階梯の闇属性召喚獣で『画面全体

を覆い尽くす』。

召喚されたアンデッド等は盾として優秀なだけでなく、矛としても優秀。

たとえ相手がレベルカンスト組であっても、数の暴力で圧殺される事もしばしばあるような凶悪魔法である。

対処法としては出鼻を挫いて魔法発動前にツクヨミを無力化するか、あるいは第五階梯大規模浄化魔法を使用可能な破魔《エクソシスト》のエキスパート職一名が必須となる。


——対処法がなければ魔法が発動した時点で詰んでしまう初見殺しだ。

ちなみに対人戦で一時的にゲームバランスが崩れた悪名高い壊れキャラなので、現在は『広域浄化のアイテム』が実装されていて、どのプレイヤーもアイテムボックスに一つは対策アイテムが入っている。

今回の古代花のイベントについて、何故俺が一人で立ち向かわなくてはいけないのかは分からない。

だが、無法には無法だ。

本来は大量のユーザーでタコ殴りをしなければならない相手であれば、こちらも手数を用意してやれば良い。

見る間に無数のアンデッドが谷底に溢れ、古代花がアンデッドたちに埋め尽くされていった。

「しかし、とんでもねえ光景だな……」

アンデッドの黒いプールの中に浮かぶ島……そんな風に言うのが一番近いだろうか。

そして、更にアンデッドが湧いて増えていく。

このままだと古代花の全てがアンデッドに埋もれてしまうのも時間の問題だな。そう思ったその時――。

「ウキャアアアアアアッ！」

古代花からは悲鳴のような絶叫が聞こえてきた。

良し、効いてる……効いてるぞ！

まあ、大量のアンデッドに噛みつかれたり、剣で斬られたりしてるわけだから、それは当たり前だ。

「ウキャアアアアアアアアアアアアアアアアアアアアアアアアッ！」

先ほどよりも悲鳴が大きなものになっている。

っていうか、ひょっとして……。

あっけなかったが、これで勝負アリか？　と、そう思ったその時――

「ダメッ！　シノブ君……っ！」

「どうしたツクヨミ？」

「召喚術が……外部からの力で強制キャンセルされている……っ！　術式展開が維持できないっ！」

冷や汗をかきながら、苦し気な口調でツクヨミがそう言った。

そして、その言葉通りに、見る間にアンデッドたちは黒い霧となって消えていき、大気中へと溶けていった。

「……外部からの力でキャンセルだと？」

「頭の中で声が響いたのよシノブ君。エラー：召喚制限だとね」

召喚制限？

ゲームでは召喚師である俺には人数制限がある。

けれど、ツクヨミのコレは召喚魔法とは名ばかりで、そういう現象を起こすっていう固有魔法だぞ？

そこで、まさかと思って、俺はバハムートの召喚を試みる。

「第五階梯召喚：炎龍神皇《バハムート》！」

しかし、バハムートは出てこない。

と、同時に俺は舌打ちと共に首を左右に振った。

――やられた。

どうやら、今のツクヨミの腐敗と死の濁流《トイズボックス》を受けて、俺まで召喚制限がかかったらしい。

と、そこで俺は確信する。

――この世界の理《ことわり》を支配しているのは、ゲームシステムのような一律の機械的なものじゃない。


今、明らかに俺たちの状況を見てから……。

この瞬間に、世界のルールを変えてきやがった！

「ともかくシノブ様。ここからが本番のようですね」

遠視によると、ドライアドのＨＰバーは５％ほど減ったというところ。

さっきの大袈裟な悲鳴からすると、予想よりは減っていないような気がするのが残念なところだ。

ともあれ、初撃としては成果は上々。

これで一ミリたりともダメージを受けていないというような状態であれば、流石に俺もお手上げだったしな。

「でも、シノブ君……？　どうしてこんなことが起きているの？　あの古代花にしろ、それにさっきの人数制限……」

「少なくとも俺に簡単にクリアーさせないという、そんな強い意志を感じるのは間違いない」

「強い意志？」

「誰かがこの現場の状況を見て、ゲーム的なシステムを改ざんしている。機械や神による一律的なシステムじゃなくて、そこには人間特有の強い決意と悪意を感じざるを得ないんだよ」

「なるほどね。言われてみれば、確かにそうかも」

と、俺たちは眼下の古代花を睨みつける。

「まあ良い。誰の思惑か分からないが、オーダー通りにソロレイドと行こうじゃないか。ただし俺たちは……」

全員でドライアドの核へと飛翔魔法で向かい始めた。


——初回強襲イベント：古代花。


このイベントが行われた当時、プレイヤーの最高レベルキャップは50だったはずだ。

現在の俺のレベルは80を超えている上に、神威解放とガブリエルを始めとする壊れ召喚キャラを複数持っている。

「伊達にインフレ上等のゲームを乗り越えてきちゃいねえんだよっ！」

サイド：アリス＝セシル

肌に刺さるような冷気に満たされた雪の森。

吐く白い息だけが微かな熱気を帯びる、そんな凍てついた戦場に私は身を潜める。

「第二階梯：ノーマルファイア！」

「第二階梯：炎の壁！」

雪の精霊ジャックフロスト、あるいは白狼等の魔物たちが吹き飛んでいく。

当初の目論見通り、魔術師隊を率いるイザベラさんたちが森の一本道に展開する魔物を蹂躙《じゅうりん》している展開だ。

そして、私は動かない。

ただじっと――森の大樹の太い幹の上で身を伏せ、三脚で固定した銃器にピタリと身を寄せ続ける。

「魔法が……通じません！」

「出ました！　ウェンディゴです！」

大量討伐という名目上、範囲魔法重視の編成となっている討伐隊。

そして、シノブ様はアレが出てくることを最初から知っていた。


――雪男：ウェンディゴ。


高レベルの魔物であり、その別名は魔術師殺し。

その毛皮は魔法耐性に優れ、北国の魔術師には忌み嫌われる存在となる。

そうして、道の向こうからワラワラと湧いてくるウェンディゴの数は目測……三百以上。

「第三階梯：火蜥蜴《ソード・サラマンダー》の剣舞曲」

イザベラさんが魔法を放つが……やはり効果が薄い。

直撃した数体を除き、残る三百のウェンディゴはその歩みを遅らせることもない。

「くっ……！」

イザベラさんの沈痛な面持ちを見る限り、第三階梯の連打は事前に聞かされていたとおりにできないようだ。

まあ、ここについてはシノブ様たちがおかしいだけだ。

本来であれば第三階梯を、儀式魔法にすら頼らずに行使できるのは、それだけで恐ろしいことなのだ。ともかく――

――この時を私は待っていた。


ウェンディゴ対策のために、シノブ様は私をこの場に残した。

事前の手筈通りに、イザベラさんたちはゆっくりゆっくりと後ろに下がる。

そうしてウェンディゴを十分にひきつけたところで、私は引き金に指をかけた。

指を引くと同時、重低音が鳴り響く。


――ズドドドドドドドド。


それは毎分数百発という勢いで、M2重機関銃の鋼鉄の弾丸が火を噴いた音だ。

ウェンディゴの頭部がはじける。

ウェンディゴの腹部が臓物と共に爆裂四散する。

ウェンディゴの腕が、足が、その全てが肉片と共に赤い華を咲かせ、次々と雪に倒れていく。

密集陣形のウェンディゴたちに、雨あられのように降りそそぐのは魔力で強化された十二・七ミリの巨大な弾丸。

しかも、弾速も元々が音速を超えているものが、武器強化で更に通常の数倍という話。

逆の立場だったら、こんなの私なら絶対に嫌だ。


——レベルがアップしました。

——レベルがアップしました。

——レベルがアップしました。


うん、レベルも上がってるね。

北の都市周辺の魔物はあらかた狩って、レベルは20で経験値取得も打ち止めだったんだけど——。

やっぱり、都市から離れている最果ての魔物は強いみたい。

そして、見る間に倒れていくウェンディゴたち。

最初は何が起きているか理解できていなかった彼らは、棒立ちで機銃掃射の良い的だった。

だけど、流石に状況に気づいたみたい。

まずは特攻ヨロシク、血の気の多い連中がイザベラさんたちに向かっていく。

けど、これについては私の恰好の的だ。

「ウギィッ！」

「ガブシュッ！」

奇声をあげながら倒れていく特攻組のウェンディゴたち。

まあ、こっちは良いとして、面倒なのは四方八方の森の中に逃げている連中だね。

「第二階梯：ノーマルファイア！」

「第二階梯：炎の壁！」

逃げる背中に魔術師隊が猛攻を仕掛ける。

けど、倒れるウェンディゴもいれば、そのまま逃げるウェンディゴもいて効果は十全とは言えないようだ。

やはり、ウェンディゴの魔法耐性――魔術師殺しの名は伊達じゃない。

と、あらかた向かってくるウェンディゴに対する掃射を終えた私は、今度はマテリアルライフルを設置している幹に飛び移る。

そして行われるのは、長距離の精密射撃。

「ギュッ！」

「アビ……ビュ……ッ！」

ワンショット&ワンキル。

樹木の障害物を避けながら、逃げる相手の頭に引き金を弾く。

ここ一か月の間ずっと練習してた動作だし、淀みもない。

ただひたすらに脳天を撃ち抜いていくだけの作業を、淡々とこなしていく。

そうして、森の中に待ち伏せで展開していた近接部隊がウェンディゴたちの前に立ちはだかった。

ウェンディゴの数は既に十分の一以下に減っているし、後は交戦している近接職の射撃援護を残すだけ。

そして、引き続き脳天を撃ち抜く作業を繰り返し数分後――。


――レベルがアップしました。


これにて、ミッションコンプリート。

最後のウェンディゴの頭を撃ち抜いたところで、私はスコープから目を外したのだった。

†

魔物はあらかた片付けた。

これから狩り漏らしがないか、この周辺を確認だ。

そして、後はシノブ様を待つばかりといったところ。

三脚で固定していた銃器を外して、樹上の足場から降りるとイザベラさんが声をかけてきた。

「凄いです……っ！　なんという制圧力なのですか！」

感嘆のため息と共にそう言うイザベラさんだったが、思わず私は苦笑してしまう。

「いいえ、私なんて全然凄くないです」

実際凄いのは、シノブ様が私に与えてくれたこの武器だ。

どんな弓よりも連射性能が高くて、そしてどんな弓よりも威力が高い。

弓と違って自身の力もあまり関係ない。

シノブ様が強化を施してくれたこの武器を使えば、ぶっちゃけ誰でもすぐに高レベルの戦士になれるだろう。

「流石はイイジマシノブ様の従者ですね。あの方と同じで全くもって謙虚でいらっしゃいます」

「まあ、謙虚ではなくて事実なんですけど……」

「ともかく」と、私は言葉を続けた。

「このまま打ち漏らしの掃討にでかけます」

「しかし、貴女は中距離～遠距離に特化した戦闘スタイルなのでは？」

「距離を詰められれば危ないですけど、近距離のレンジまで詰められることは……まずないですから」

シノブ様が言うには、中距離の重機関銃は雑魚散らしという意味での面の制圧での運用。アンチマテリアルライフルの超遠距離射撃こそが、私の本当の力だって言っていた。

けれど、雑魚散らしと揶揄《やゆ》されていた重機関銃ですら、私には神器にしか思えない。

「ふーむ……。と、おっしゃっても、イイジマシノブ様から貴女のことは任されているのでね。ネイサンさん、ヨアヒムさんっ！」

イザベラさんがパンと掌を打ち鳴らすと、二人の冒険者が駆け寄ってきた。

「こちらは今回の討伐隊の中で、近接戦闘であれば最優秀層になります。Aランク冒険者ですし、護衛任務はうってつけでしょう」

片方は、討伐隊選考試験の時にシノブ様に絡んできた人だね。

ぶっちゃけるとシノブ様を罵《ののし》った時点で、私の中ではこの人は気に食わない人間の最上位にカテゴリーされている。

勿論、同行されるのも気が進まない。

けれど、ここでの人事権はイザベラさんの専任だ。無論、私の口を出すべきところではない。


そして――。

イザベラさんたちから離れて森を歩くこと一時間程度。

ウェンディゴをはじめとして、他の魔物の気配も感じられない。

どうやら、都市を守るという任務は完全に達成されたと判断しても良いようだ。

「しかしアリスちゃん？」

「何でしょうか？」

「そんなにツッケンドンにしなくても良くないか？」

「……魔物の追跡中です。いつ襲われるかも分かりませんので私語は慎んでください」

「またこれだよ。アリスちゃんはつれないなぁ」

「アリスちゃんと呼ぶのは止めてもらえませんか？　私は別に貴方と親密というわけでもないので」

やれやれだとばかりに、ネイサンとヨアヒムは肩をすくめる。

「ねえねえアリスちゃん、俺等ってそんなに怖い大人に見える？」

「それともAランク冒険者っていうのが凄すぎて恐れ多いとか？　それなら遠慮しないで良い。アリスちゃんが望むなら、今夜にでも俺の部屋に遊びに来ても良いんだよ？　ま、それくらいに俺たちは後輩から親しみやすいAランクの兄貴分と慕われているからな」

「そそ、俺たちはちょっとお酌をしてもらえれば、ニコニコしてお小遣いまであげちゃうような、気さくで羽振りの良いお兄さんなんだよ」

「……」

アリスちゃんと呼ばれるたびに、身の毛がよだつ。

ともかく、話の内容や、私を見つめる舐めるような視線……何から何までが、不快で気持ち悪い。

「おい、お前な？」

と、その時、ネイサンが急に声を荒らげて私に詰め寄ってきた。

そのままこちらに手を伸ばしてきたので、私は後ろに軽く跳躍して距離を取る。

「何ですか、いきなりっ!?」

「さっきから俺たちにガン無視くれやがってよ。ちょっとカワイイと思ってお高く留まってんじゃねえぞ？　股を開かせようと思ってチヤホヤしてやったら勘違いしやがったのか？」

何という……下衆な男たちなんだろう。

この世界には、シノブ様以外にまともな男はいないのか。

そう思うくらいに、ドミエ族の森を出てからは、こういう手合いばかりに遭遇している気がする。

「どうやら、同行したことそのものが間違いだったようですね。幸いなことに周辺索敵は終わりましたし、ここは一旦別れて、それぞれがイザベラさんのところに戻るということで如何でしょうか？」

そう尋ねると、ネイサンは楽し気に笑った。

「いや、イザベラのところには帰らねえよ。俺たちも——そしてお前もな」

「どういうこと……」と、続く言葉を言おうとしたところで、気づけば私は宙を舞っていた。


——背負い投げ。


背中から地面に叩きつけられ、すぐにヨアヒムの下卑た笑みが視界に入ってくる。

「ネイサンとの会話で気を逸らせた上で、背後から近寄らせてもらった。遮音歩行術、気配消し、無手格闘術……まあ、俺は近接戦闘は得意なんだが、どっちかっていうとスキルのとおりに暗殺者とかそっち寄りなんだよな」

「狙いは……何なの？」

「お前のツレな、アレって神人だろ？　それにお前も変な武器持たされてるし、単刀直入に言うと、カキンアイテムを出せってことだ」

やられた……っ！

カキンアイテムという言葉を聞いた瞬間、こいつらの狙いを私は正確に理解した。

人目のつかないこの場所に私を誘導したのも、いや……違う。

恐らくはこの機会を作るために、こいつらはここ一か月の間、虎視眈々《たんたん》とずっと機会をうかがっていたのだ。

でも、どうする？

こいつらのレベルは25～30と言ったところで、私よりもまだ高い。

銃器と距離があればその程度のビハインドは問題にはならない。

けど、地面に打ち付けられている現状ではどうしようもない。距離も詰められすぎている。

私の表情に焦りの色が交じったのが分かったのか、ヨアヒムはニヤリと笑った。

「オラ、出せよカキンアイテム！」

「カキンアイテム？　そんなアイテムは……持っていません」

事実として、私は銃器以外には何も与えられてはいない。

だけど、その言葉を受けて、何がおかしいのかこの二人は声を上げて笑い始めた。

「ってことで、ネイサン？」

「ああ、お楽しみの一つに拷問ってのができたな」

「高貴な女を無茶苦茶にするっつっても、ただ痛めつけるのと……目的のある拷問ではゲーム性が違うからな」

「まあ、最悪はカキンアイテムを持ってなかったにしても、この武器を売れば相当な金になるだろう」

「ってことで、まずは痛くない方のお楽しみから始めようか」

ガチャガチャとズボンのベルトを外す音が聞こえてきた。

これから何が行われるのかは明白だ。

それに何より、この侮蔑と加虐嗜好の織り交じった視線には……見覚えがある。

これは魔法学院で原住民だの無能だのと誹《そし》りを受けていた時——クラスメイトたちが私に向けていた視線と程度は違えど似た種類のモノだ。

それはつまり、人が人に向ける圧倒的な悪意だった。

サイド：飯島忍

北の最果ての宙を飛翔魔法で舞いながら、まず最初に攻撃を仕掛けたのはガブリエル。

古代花の樹木に向けて、ガブリエルの全力の飛び蹴りが炸裂した。

メキョバリズシャリとけたたましい音。

樹木の表皮にクレーターが発生し、木片が周囲に飛び散っていく。

そして、古代花……いや、巨大トレントはその巨体を揺らし、大きく後ろに数歩下がった。

と、巨大トレントに隙ができたところで、今度は魔獣形態のケルベロスのブレスが火を噴いた。

狙いは巨大トレントの核である、人型のドライアドの部分だ。

はたして、ガブリエルから続く連撃で、隙ができていたドライアドはまともに炎を受ける形となった。

そうして核の周辺部が炎に包まれたところで――

「第五階梯：冥界極大呪炎《フレイムオブアビス》」

ラストにツクヨミの爆発魔法が火を噴いた。

そして、勿論俺も黙っちゃいない。

「第五階梯：神聖核爆撃《ホーリーニュークリアー》っ！」

闇の爆発の後に、光の魔法を被せていった。

これで打撃・聖・闇・炎と色んな属性の魔法で攻撃したわけだが……さあ、どうよ！

ダメージはどんなもんだと思ったところで、巨大トレントの樹皮に縦横無尽に走っているツルがうごめき始めた。

そしてツルが一か所に集まってきて、見る間にツルは一つの巨大な鞭を形作る。

そして、シュオンッと風切り音と共に、俺に向かってきた。

飛翔魔法はそのままで、エアーステップで空気を蹴りながら、どうにかこうにか巨大鞭を避ける。

「速えな……何度も避けられるスピードじゃねーぞ？」

独り言《ご》ちたところで、俺は「ハハハ」と乾いた笑いを浮かべた。

と、いうのも嫌な気配がして振り向くと、そこには先ほどと同じサイズの巨大なツルが十以上、俺に向かってきていたのだ。

——回避は間に合わない。

魔法で物理障壁を作り、すかさずガード。

が、十を数える巨大鞭をモロに受ける形になってしまった。

しかし、俺自身はダメージを受けないし、痛みもない。

これはケルベロスのスキル：身代わりによるものだ。

ケルベロスが門番と呼ばれているのには色々と理由があるのだが、要はケルベロスは前衛盾のタンクなのだ。

そして、味方の攻撃を肩代わりするっていうのは、ケルベロスの最大効率の運用方法でもある。

しかし……不味いな。

ステータス画面を確認して、俺は舌打ちと共にフルフルと首を左右に振った。

タンクであるはずのケルベロスのＨＰが、一撃で半分も吹き飛んでいる。

これはつまり、ケルベロス抜きでモロに攻撃を受けていたとすると、さっきので俺は死んでいたということだ。


――一撃死。

この現場であの巨大鞭に耐えられるステータスを持っているのはケルベロスだけであり、

他の誰が受けても死ぬという事実。

思わずその場で、俺は頭を抱えてしまいそうになる。

おいおい……。これが、反撃してくるレイドボスって奴かよ。オマケに——


「マジで無茶苦茶じゃねーか」


核のドライアドの右上に表示されているＨＰバー。

それを確認したところ、さっきの攻撃……第五階梯を二回も直撃させたのに数ミリしか減っちゃいねえ。

現状、元々一メートルほどあったＨＰバーが、残り九十五センチと言ったところ。

で、最初に一気に削ったのはハメの無法技だ。

まともに削っていくとなると……これは気の遠くなるような作業となる。

オマケにこちらはツルの一撃を受けただけで、ＨＰの半分は持っていかれるわけだ。

「読みが甘かった。これは不味いぞ」

このまま耐久戦という形だとマジで不味い。

ケルベロスにダメージを肩代わりさせ続けても、回復役の俺とガブリエルのＭＰも無尽蔵ではないし、すぐに枯渇するのは明白。

そんな中、これから何十、何百回もツルの猛攻を潜り抜けながらＨＰバーを削り切る自信は俺にはない。

と、いうより、そもそも５階梯の攻撃魔法を何十も何百も打ち続けてＭＰがもつわけがない。

そんな俺の焦りが伝わったのか、ガブリエルが険しい表情と共にこう語り掛けてきた。

「シノブ様。ここは私が……」

その意味するところを考えて、俺は瞬時に首を左右に振った。

「第六階梯：最後の審判《ハルマゲドン》を使うつもりか？」

「おっしゃるとおり。ここを切り抜けるにはそれしか選択肢はありえません」

第六階梯：最後の審判《ハルマゲドン》。

内容としては天界の門を開いて『最後の審判』という名の極大レーザービームを現世に落とす魔法だ。

それで、その効果はズバリ……問答無用での敵の消滅。

大天使の上位級なら全員が扱える魔法だが、デメリットがエゲツない。

と、いうのも、大天使の魂と引き換えに神の怒りの一撃を現世に降臨させるってなもんで、それはつまり――

――キャラクターロストを意味する。

イベント上のボスキャラなんかには無効だし、レイドボス相手でもダメージの上限値を与えるだけで実際に使う奴なんていやしない。

でも……いや、待てよ？

ダメージの上限値はインフレに従って何回も変更されている。

初回レイドボスの古代花相手なら、ひょっとすれば最大ダメージを与えれば倒すことができるかもしれないのか？　けれど……。

「命令だ。それだけは絶対にするな」

「しかし、現実的に考えてこの方法しかありえないように見えるのです」

「そもそもレイドボスは反撃しないが、こいつは反撃をしてくる。それは分かるな？」

「ええ、それについては見ての通りですね」

「ツクヨミの腐敗と死の濁流《トイズボックス》も封じ手にされたみたいだし、お前のソレにしても……どこまで通じるかは分からない。確実な勝利が得られる確証もないわけだ」

「しかし、ツクヨミの腐敗と死の濁流《トイズボックス》が有効であったように、私の最後の審判《ハルマゲドン》も一定以上のダメージを与えられる公算は高いかと」

「それはそうかもしれんが……」

しばしの沈黙の後、俺は吐き捨てるようにこう言った。

「俺にはお前が必要なんだ。今後を生きるための戦力的な意味でも……いや、違う。俺はもう、お前等のことを使い捨てのゲームのキャラのようには思えなくなってるんだよ。だから……死ぬのはなしだ。それだけは許さない」

こんだけ一緒にいて、一緒に飯食って、話をして時には笑って。

ゲームのキャラとか言われても、そう割り切れる風に俺の心は単純なものではない。

「……ありがたき幸せでございますシノブ様」

表情をあまり表には出さないガブリエルには珍しく、その瞳にはうっすらと涙が浮かんでいる。

「そういうとこだよ。だから、俺はお前等を使い捨てにはできないんだ」

恥ずかしいから、そんなこと言わせんなよ。

そう思うが、放っておけば……特にこいつは自己犠牲上等な奴だから危なっかしい。

と、そこで今度はツクヨミが俺に話しかけてきた。

「でも、どうするのシノブ君？　このままじゃ相手のＨＰを半分も削れずに、こちらのＭＰが尽きて全滅なように見えるけれど」

「俺たちには切り札があるだろう？」

そう言うと、ツクヨミはクスリと笑い、ガブリエルは大きく目を見開いた。

「なるほど……アレをやるのね。けれど、とんでもない出費は確定として、それをやっても削り切れるかどうかは賭けよ？」

「まあ、とりあえずやってみて、無理ならその時に考えれば良いだろ」

言葉と同時、ケルベロスも含めて全員が頷いて巨大トレントを睨みつけたのだった。

サイド：アリス＝セシル

ヨアヒムとネイサンが最初に私にしたことは武装の解除と、両手首を縄で縛ることだった。

まあ、これは捕虜にするなら当たり前の話だ。

けれど、下半身を露出させたままの二人が、シノブ様から与えられた銃器類を持っている姿は非常に気に食わない光景ではある。

「しかし、この武器はどうする？　売るのも良いが、俺たちで使っちまうか？」

しばし何かを考えてネイサンは銃を弄り始めた。

そして、ドンッと重い音と共に銃声が鳴る。

「まあ、要らんだろ。何らかの魔力強化が施されているが、この小娘だけが扱った場合にだけ作用するシロモノらしいし……」

「確かに。見たところ、強化なしなら鉄のツブテをそれなりの速度で吐き出すだけってところだな」

「Bランク冒険者くらいまでなら、これだけでもそれなりの戦力にはなりそうだが……」

「俺等には無用の長物ってワケか。オーケイ、なら珍しいモノが好きな大貴族にでも神人のカキンアイテムだと言って売っぱらおう」

「ああ、高値がつくのは間違いない」

と、そこまで話をしたところで、二人は私に下卑た視線と下衆な笑顔を向けてきた。

「さて、それじゃあ」

「本当にお楽しみと行こうか」

「……止めてください」

「初めてってわけじゃあるまいに？　あの男とさんざんやりまくってんだろ？」

そう言われて、私は頭に血が上るのに任せて、大きな声でこう叫んだ。

「違いますっ！」

「違う？　何が違うんだ？　男と女——棒と穴があれば、やることはどんな人間でも一つだろ？」

「一緒にしないでください。貴方たちはシノブ様とは違うんですっ！」

その言葉を受けて、二人の気色悪い笑顔は更に狂気じみたものになっていく。

「おい、俺が先だからな！」

「馬鹿言え、まさかのハツモノだぞ？　俺が先だ！」

「じゃあこうしよう、二人一緒にってのはどうだ!?」

「んなことしたら裂けるだろ！　いや……それはそれでアリか？」

「ああ、特にお前はそういうの好きだろう？」

聞くに堪えない……酷い会話だ。

が、おかげで時間ができた。


——剃刀《カミソリ》はレディの嗜《たしな》み。


これはツクヨミさんの談で、彼女はいつでも舌の裏に剃刀を隠し持っているらしい。

曰く、ムカツク相手に捕まったりして、無理やりキスをされた時に手痛いしっぺ返しを食らわせるためだという。

まあ、無茶苦茶な話だけど、こういった場合の縄抜けにも有用だから剃刀はもっておけとのことだった。

勿論、私は普通の人なのでツクヨミさんのように舌の裏というワケではない。

けれど、リストバンドの間に仕込んでおいた剃刀がこんなところで役に立つとはね。

縄を切って、立ち上がると同時、私は武装と同時に取り上げられた背嚢《はいのう》のところまで横っ飛びに飛んだ。

奇襲として武器を奪える形が最高だったんだけど、そこについては相手も百戦錬磨で無理がある。

だから、次善の策だ。

「縄抜け……？」

「何か道具を隠し持ってやがったのか？」

背嚢を開き、お目当てのモノを取り出した。

そして、私はキッと二人を睨みつける。

「シノブ様は貴方たちとは違います。相手を格下だと舐めることもせず、それどころか……学ぶべきことがあれば自分よりも遥かに弱い相手でも尊敬し、敬意を払って頭まで下げる人なんです」

イザベラさんに頭を下げたシノブ様を見た時は本当に驚いた。

けれど、よくよく考えたら私みたいな人間を、同じ人間として扱っている時点で、シノブ様はやっぱりそういう人なんだろう。

「ご高説ありがとう。で、俺たち相手にどうするってんだ？」

「ご自慢の武器は俺たちの手の中にあるんだぜ？」

と、言いつつ二人は銃器を後方に放り投げ、自身の帯びた剣とナイフを構えた。

まあ、ここについては扱いなれた武器の方が信用できるという、超一流の冒険者としての判断だろう。

「ええ、そうですね。まともにやっても敵いませんね」

なので、搦め手でいかせてもらいます。

と、そのまま私は予定通りにソレを放り投げた。

そして炸裂するは光の奔流、つまるところは――


――スタングレネード。


魔法の力に頼らずに、どうしてこういうことができるのかは本当に謎だ。

けれど、これはつまりは、物理的な光の暴力で相手の視力を奪う武器となる。

「なっ⁉」

「んあっ⁉」

二人は両手で目を覆って上半身を下げた。

スタングレネードを食らった場合、人間は反射的に……横から見るとくの字のような形になり、その場に棒立ちになる。

そして訪れるは、棒立ち状態で全てが停止するフリーズの時間。

時間にしてほんの数秒で、私がやったことは二人に対する攻撃ではなく、銃器の確保だ。

そして、M134ミニガンのトリガーに指を置いた。

「ぶ、武器を持ったな？　ま、待て！　待て待て待て！」

「話……そうだ、話せば分かるっ！　目が見えんのだ、話そう！　話し合おう！」

バックステップで距離を取る。

この状況、この距離で打ち漏らしはないとは思う。

けれど、離れれば離れるほど私が有利になるので、これも安全マージンとして当たり前に取らせてもらう。

「まあ、このように弱者には弱者の戦い方があります。舐めているとこういう目に遭うんですよね」

「分かった、分かったから武器を使うな！」

「そ、そもそも俺らもさっきのは冗談で言ってただけで、本気で酷いことをしようと思ったわけじゃないんだ！」

「ん？　冗談？　今……冗談と言いましたか？」

怪訝にそう尋ねると、その言葉でヨアヒムは「ここだ！」とばかりに食いついてきた

「そうだ！　冗談なんだよ！　お前もたかが冗談でマジになるなって、俺らは本当にその気はなかった――アギュッ！」

銃口から放たれるは、魔力を込めた鋼鉄の弾丸。

「あ、申し訳ありません。冗談がお好きなようなので――」

魔力で強化された七・六二ミリの弾丸。

それが、毎分数千発という猛烈な速度で、ズガガガガと激しい音と共に吐き出されていく。

「私も冗談で引き金を引いちゃいました」

血飛沫が舞い、肉が弾け飛んでいく。

「う、う、うぐるあああああっ！」

「あぐしゅ、へ、は、ぶしゃるっ！」

そして、悲鳴とも奇声ともつかない大声をあげながら――。

二人の男は瞬く間に肉塊へと姿を変えていったのだった。

サイド：飯島忍

泣いても笑ってもこれで最終局面だ。

この方法でダメなら、文字通りに俺たちはここで散るしかない。

全身の魔力を掌に集めて、巨大トレントに――超規模爆撃魔法の名前を告げる。

「第三階梯：純粋魔力暴走《スーサイド》っ！」

これは、全生命力を爆発の魔力へと変える魔法。

そして、死なないようにレベルアップ特典の回復の宝珠を使用しての……完全回復だ。

――つまりは、死と再生の無限連打。

これはゲーム中最強の攻撃力を誇り、一方的に相手をタコ殴りにできる唯一の戦法である。

つまりは、俺がチュートリアルやアガルタへの十三階段でお世話になった戦法だ。

一般的にも難所をゴリ押す時なんかに使われる手法で良く知られているものでもある。

そして、今の俺が置かれているのは、紛うことなき極大の難所。

回復の宝珠を使うタイミングを間違えれば、回復が間に合わずに即死という危ない橋だ。

けれど、やるならばココしかない！

「ガヅリエル、ツクヨミ、ケルベロスッ！」

俺と配下の魂はリンクされている。

つまるところは、これは配下の命すらも爆撃に変換しての——前回よりも強力な最強の自殺技だ。

魔法の発動が完全に終えた瞬間に、回復の宝珠で即時回復を施す。

「さあ、どうよっ!?」

これでダメなら流石にお手上げだ。

と、半ば祈るような形で巨大トレントの核——ドライアドに視線を送る。

良し、効いてる！

——今度はミリじゃなくて……数センチ動いたぞ！

ダメージの効果は先ほどのツクヨミの腐敗と死の濁流《トイズボックス》によるハメ技の六割程度か。

回復の宝珠の弾数は六十程度。

で、あれば余裕でお釣りがくる計算だ。

後は古代花のＨＰバーが尽きるか……あるいは俺がタイミングをミスって、ガブリエルたちまでもを巻き込んでそのまま死ぬか。

二度とやりたくない命がけの戦法だが、既に覚悟は決めている。

「第三階梯：純粋魔力暴走《スーサイド》っ！」

魔法をぶっ放して、回復。

魔法をぶっ放して、回復。

魔法をぶっ放して――回復っ！

「第三階梯：純粋魔力暴走《スーサイド》っ！」

そして、魔法をぶっ放して――回復。

ゲームでは、実際の操作はタイミング良く画面をタップするだけだった。

が、こっちの世界ではミスと同時に即時の死亡。

精神を集中し、コンマ数秒のタイトなタイミングを、ただただ正確に回復の宝珠を使用する。

一瞬のようでいて、けれど永遠に思えるような――そんな作業。

肌着が脂汗と冷や汗でビショビショになったその時、核のドライアドの右上に表示されるＨＰバーが、残り数ミリまで削れていることに俺は気が付いた。

「これで最後だ！　第三階梯：純粋魔力暴走《スーサイド》っ！」

そうして、ＨＰバーの残り数ミリだった青色の部分が右から左へと進んで消失した瞬間、俺は絶句した。

と、言うのもＨＰバーの色が赤色に変わり、再度……一番初めの右からほんの少し削れたことを確認したからだ。

「おいおい……まさかの二段階ＨＰバーかよ」

しかし、今度削れた赤色の部分の後ろの色は透明だ。

と、なると今度こそはコレを削り切ればこちらの勝利。

けれど、回復の宝珠の残弾数は二十と少しだ。

古代花のＨＰバーを一本削るのに既に四十くらいは使ってるわけで、単純計算で回復の宝珠が足りない。

さて、どうする？

一瞬だけ、自殺アタックの方針を止めようかとも思ったが、クソッと俺は舌打ちをした。

と、いうのも数キロほど遠くの空で、エンシェントアイスドラゴンの群れが飛んでいるのが見えたからだ。

恐らくは自分たちの縄張りに起きた異常事態を確認するために、様子を見に来たというところ。

だが、マジで間が悪い奴らだな。

奴らは北の最果ての土地の支配者であり、その討伐推奨レベルは50前後。

見る限りは十体くらいいるし、この瞬間に攻撃の手を休めて古代花が動き出したとしたら……？

他者の生命を吸い、猛烈な速度で成長する古代花だ。

エンシェントアイスドラゴンの命を吸われた場合、そんなことになったら手が付けられなくなる公算は非常に高い。

なら、どうするか？


「第三階梯：純粋魔力暴走《スーサイド》！」


更に続く自爆魔法と回復の連打。

こうなった以上は、このままゴリ押しで行くしかねえだろっ！

でも……その後はどうするんだよ？　回復の宝珠がなくなったら……。

魔法をぶっ放して、回復。

魔法をぶっ放して、回復。

ただ、延々と攻撃を続けるが、見る間に回復の宝珠は減っていく。

そして、古代花のＨＰの減るペースは変わらない。

このままでは古代花が倒れる前に残数が尽きるのは明白だ。


――死。


その言葉がリアリティを帯びてきて、心臓が冷たい手で鷲掴みにされるような感覚にとらわれる。

やばい。

やばい、やばいやばいやばいやばいやばい。

現実的には回復の宝珠が尽きた場合、そのまま一気に通常攻撃を仕掛けてＨＰを削り切るしかない。

が、そもそもからして、あのツルの猛打を掻い潜って残りの莫大なＨＰを削り切れることができるのか？

それも、恐らくはエンシェントアイスドラゴンの生命力を吸われて、更に強化が見込まれる状態で？

「クソったれえええええええっ！」

半ばヤケクソになりながらも、更に自爆魔法を撃ち込んでいく。

そして、訪れる必然。

ＨＰバーの赤の残量が六割程度になったところで、回復の宝珠の残数が一となった。

「これで最後だ……っ！　第三階梯：純粋魔力暴走《スーサイド》っ！」

最後の回復を行ったところで、爆発の光が収まった。

だが、俺の視界には悠然と佇《たたず》んでいる巨大トレントの姿があるのみだ。

こりゃあ……流石に死んだかもな。

そう思いながら周囲を見ると、ガブリエルが首を左右に振った。

「シノブ様。焼け石に水かもしれませんが——このガブリエル、最後の奉仕をさせて頂きます」

おいおいこいつ……キャラロスト技を使うつもりかよ。

「それだけはダメ——」

と、そう言いかけたところで、俺の頭の中に機械音声が響いた。

——対象に一定量のダメージを与えたため、レベルがアップしました。

ん？　レベルアップ？　どういうことだ？

っていうか、レベルアップってのは相手を倒した時に起きる現象のはずだろ？

いや、強襲イベントのレイドボスだから通常とは扱いが違うのか？

確かにこの瞬間に一気にＨＰを削ったのは事実だから……その経験値が入ったってことなのか？


――レベルがアップしました。

――レベルがアップしました。

――レベルがアップしました。


鳴りやまないレベルアップのアナウンス。

そして増えていく回復の宝珠の残数。

そうして、瞬く間に俺のレベルは99となり、回復の宝珠の数は十六個となった。

ぶっちゃけワケが分からないが、これは素直にありがたい。

ステータスもアップしたし、さっきまでの爆撃よりも与えられるダメージ量は多いだろう。なら、このまま――

――ハメ技でゴリ押しだっ！

「第三階梯：純粋魔力暴走《スーサイド》っ！」


やることはさっきまでと同じ。

ただし、魔法の火力そのものは相当に上がっている。

良し！　こちらのレベルが上がっている分、やっぱりさっきよりもＨＰバーが減るペースが若干速い。

けど、それでも相当にギリギリなペースだな……。

はたして、これで宝珠の数が追いつくのか？

が、しかし、もうこうなったらこのまま押し切るしかない！

「第三階梯：純粋魔力暴走《スーサイド》っ！」

魔法をぶっ放して、回復。

そして、魔法をぶっ放して、回復。

「第三階梯：純粋魔力暴走《スーサイド》っ！」

次々と魔法をぶっ放して、そして回復を施していく。

そして訪れた最終局面。

ＨＰバーの残数も本当に残り僅かで、後は数ミリだ。

そして、俺の所有する回復の宝珠も――残り……一本っ！

「これで終わりだああああああ！　第三階梯：純粋魔力暴走《スーサイド》っ！」

周囲が閃光に包まれ、何も見えないホワイトアウトの状態に陥る。

そして、すぐに光は消え去り古代花の核の姿が視認できるようになった。

見ると――。

ドライアドのＨＰバーはするすると右から左に移動し、そのまま完全に――赤の部分が消え失せて焼失した。


――勝った。


と、確信したその時、ドライアド型の核……その人間とさして変わらない顔に笑みが浮かんだんだ。

おいおい、なんで笑ってんだよ？

俺の頭の中に「形態変化」などの、ＲＰＧのラスボスにありがちな嫌な言葉が頭をよぎる。

が、予想に反して古代花は優しい表情を作り、俺に向けてこう言ったのだ。

「殺してくれて……ありがとう」

ああ、そういえば……。

古代花っていうのは、元々はそういう設定だったか。

古代花は宇宙から飛来した……この星とは違う系統の生命体だ。

つまりは、厳密には魔物と定義するのも変な生き物なんだよな。

それは良しとして、当初この生物が種子を根付かせたのは、とある大森林に住む錬金術師の老夫婦の庭だった。

そして古代花はどこの星でもそうしてきたように、すぐにこの星を食らおうと思っていた。

が、一時の気まぐれで、その時は巨大化するまでに相当の間があった。

と、いうのも錬金術師の老夫婦は、世にも変わったドライアドということで古代花に興味を持ったんだ。

で、意思の疎通もできるということで、それはそれは珍しがられ大切にされて、いつしか彼らは疑似家族のような形で暮らしていた。

ほとんどの時間を宇宙で孤独に過ごす古代花にとって、束の間訪れたその生活は幸福なものだった。

しかし、古代花の生命体としての性質は、星を食らって次世代の種を作り出し、全ての生命を食らいつくした後に次の天体へ――と、まあとんでもないシロモノだ。

そして最終的に、種族としての本能には抗えず、理性を失った古代花はその地域一帯を食らいつくし、果てには一つの大陸を食いつくした。

だけど、やっぱり残った最後の理性で……この星を食らいつくす前に、自身を種に変えて宇宙へと飛び去った。

そうして、生命体が溢れる星を探して巡っている内に、この星に戻ってきたというのが『強襲イベント：甘き死を告げる古代花』。

あるいは、古代花が生命を刈り取る時に、甘い夢として対象に快楽を与えるのは……幸せな時代を過ごした頃の記憶が微かにでも残り、それが歪んだ形で発露したものなのかもしれない。

と、そんなことを考えていると、古代花の巨体の全てを光が包みこみ始めた。

そして、古代花は無数の光の粒子となって、見る間に大気へと溶け始めていったんだ。


――強襲イベント：甘き死を告げる古代花を終了しました。

――報酬経験値はOBSERVER《オブザーバー》：T・Mより既に先払い済みです。

さっきのは……報酬の先払いだったってことか？

確かにあの時にレベルアップがなければ俺は終わっていたが……。

っていうか、OBSERVER《オブザーバー》：T・Mってのは何なんだよ？

「まあ良い、ともかく勝つには勝った」

そのままぐったりとした感じで腰を下ろすと、俺は地面に大の字になりながらこう言ったのだった。

「ともかく……疲れた」

サイド：アリス＝セシル

――レベルがアップしました。

――レベルがアップしました。

頭の中に響くその声を聞いて、二人のAランク冒険者の完全なる無力化を確認した。

と、ようやくそこで私は一息をついた。


——殺さなければ殺される。


正当防衛とは言え、やはり色々と思うところはある。

でも、私はシノブ様の足手まといのままではいたくない。

だから、こんなところで立ち止まっている時間なんて存在しない。

と、そこで私は自分の影に向けて声をかけた。

「もう出てきても良いですよ、ツクヨミさん？」

すると、ニュルリと影から手が出てきて、続けてツクヨミさんのいつもの冷たいすまし顔が現れた。

「いつから気づいていたのアリス？」

「ええとですね、これでも……私はシノブ様が心配性だと知っているのですよ」

「心配性？」

「はい。あの二人は、いつも私にいかがわしい視線を向けてきていましたしね。シノブ様があの二人に私を襲わせるのを見過ごすなんて、そんな間抜けなマネをするはずがありません」

そこまで言うと、ツクヨミさんは「へえ」と感心したかのように声を上げる。

「それで、どうして私だと思ったの？」

「魔力の流れをここ一か月訓練していたのも大きいですね。ツクヨミさんが影に潜れることは知っていたので……隠密に一番向いているのかなと。で、そこまでアタリがついていれば、あとはここ数日で自分の影を眺めていれば自ずと魔力の歪みは感じられます」

そう応じると、ツクヨミさんはニコリと笑った。

「七十点ね」

「と、おっしゃると？」

「私自身は本体の影。せいぜいが第四階梯下位程度の力しか持たない、ただの傀儡《かいらい》ってことよ。だから、ツクヨミさんという言い方は正確ではないわ。まあ、ややこしいからそれで良いけれど」

「……第四階梯って、普通は『程度』とは言わないですよ」

呆れた風にそう言うが、私のことは意に介さず、いつものように淡々とツクヨミさんは言葉を続ける。

「まあ、あの二人を最初に煽《あお》ったのは私だし、私が蒔《ま》いた種ってこともあって、面倒だけどシノブ君の頼み事を聞いてあげた形ね」

そうしてツクヨミさんは人差し指をアゴにあてて、唇をペロリと舐めた。

いつも思うことだけれど、見た目は私とあんまり年が変わらないのに、この人は仕草の一つ一つが妙に色っぽい。

「ところでアリス、貴女……レベルはいくつになったの？」

「26ですね」

そう言うと、ツクヨミさんは大きく頷いて満面の笑みを浮かべた。

「うん、ビックリするくらいのクソ雑魚ね」

「普通に酷いですからね、それ」

「イザナッハでジャガイモの皮を剥くだけが担当のメイドでも、レベル30はあるわよ？」

いや、世間一般ではAランク冒険者相当っていう、超凄腕のレベルですからねそれ。

しかし、つくづく生きる世界が違うなぁ……と、私は苦笑する。

「けれど、褒めてあげるわ。これで貴女も遂に最底辺メイドに迫るくらいには使えるようになったということよ」

「……褒めてるんですかそれ？」

素直にそう尋ねると、驚いたという風にツクヨミさんは両掌で口を覆った。

「むしろ、褒めていないように聞こえたの？　だって、貴女はイザナッハのただの愛玩動物から、ジャガイモを剥くことが許されるような者になったのよ？　非生産職から生産職に進化するなんて、これはもう存在意義の革命と言っても過言ではないわ」

「……えっと……それって本当に褒めてます？」

　ジト目でそう言うと、ツクヨミさんは微笑を浮かべた。

「ええ、褒めているわアリス。これで貴女は本当の意味でイザナッハの一員となったの。喜びなさい、私に認められたというその事実を」

　それは「はっ」とするほどに美しく、そして純粋な優しい笑みで――。

　ケルベロスさんもそうだけど、この人たちって無茶苦茶に見えて、時折こういう風に奥に潜む優しさを覗かせてくるから……何となくちょっとズルい。

「あ、本体の方も、古代花の討伐に成功したみたいよ」

「まあ、そこはシノブ様ですからね。当然の結果でしょう」

　そう言うと、クスクスとツクヨミさんは苦笑した。

「貴女には無敵のスーパーマンに見えるかもしれないけれど、シノブ君って、実は結構な頻度でテンパってるのよ？」

「え？　いや、そんなことはないでしょう？　事実としてシノブ様は神様みたいな人ですし」

「こりゃあ、シノブ君も苦労するわね……」と、ツクヨミさんは肩をすくめる。

「そういえばアリス、貴女はレベルが上がって26でしたっけ？」

「ええ、一応はそうなりますね」

「ちなみに、今の戦闘でシノブ君のレベルも16上がったわ」

「レベル16も一気に上がったんですか……？」

「ええ、つまりは現在、シノブ君はレベル99よ」

やっぱり凄いなぁ……。

少し追いついたと思っても、すぐにあの人は先に行ってしまう。

そう思うと、私は苦笑するしかできないのだった。

第三幕　観測者：水鏡達也

サイド：飯島忍

雪原地帯を抜けて草原の道、空にはウロコ雲がポツリポツリ。

と、まあそんなこんなで――。

現在のメンツは俺とアリスとガブリエル。

冒険者ギルドの総本山であるところの、アムロジルドへと戻る馬車の旅路の途中だ。

しかし、久しぶりの白色の混じらない景色ってのはやっぱり良いもんだな。

北国育ちではない俺からすると、雪がないというだけでなんだか故郷に戻ってきたような気持ちになってくる。

「しかし、やはりレベル99というのも都合が良すぎるな」

「左様でございますねシノブ様。しかも古代花を討伐するのに、回復の宝珠を丁度使い切るという事態も……」

「ああ、どう考えてもおかしい」

古代花を倒してから、何度も考えていたことだ。

だが、いくら考えても一つの推論しか出てこない。

「結局アレって……俺の回復の宝珠を使い切らせるのが目的だったって、そんな気がするんだ。いくら何でも都合が良すぎるしな」

「ええ、そこにはシノブ様のおっしゃる通りに何らかの思惑があるように感じられます」

「この世界にゲーム運営的なシステムがあるとすれば、やっぱりそこには何らかの意図があるような気がするんだよな……」

今回のアレコレについては、どう考えてもＯＢＳＥＲＶＥＲ《オブザーバー》：Ｔ・Ｍって奴に仕組まれていたとしか思えない。

と、その時、馬車の中でアンチマテリアルライフルを構えていたアリスが引き金を引いた。

ドンッと言う炸裂音。

そして数秒の後、アリスがこちらに振り向きニコリと笑った。

「レベルが上がりましたよ、シノブ様！」

「お？　何を仕留めたんだアリス？」

「セイレーンがいましたので、ヘッドショットで一発です！」

「セイレーン？　海辺までは十キロほど離れているはずだが……」

「ええ、十二キロほど遠方の洋上に飛んでいましたので！」

それを聞いて俺は絶句する。

予想通りにアリスには長距離射撃がバッチリとハマったみたいだが、それにしても十キロ以上先か……。

ゴ○ゴ13かよ！

と、ツッコミを入れたくなるレベルで射撃能力がエグい。

っていうか、ゴ○ゴ13でも、その距離は流石に無理じゃなかろうか。

まあ、武器を魔力強化して有効射程が大幅に伸びてるってのもあるんだけどな。

「ちなみに、今回の帰り道に私のレベルは29まで上がったんですよ！」

「おお、そうか」

それだけ言って水筒からお茶を取り出す。

一口飲んだところで、アリスが何だか悲しそうにしていたので、俺は小さくため息をついた。

「頑張ったな、偉いぞ」

そう言って頭を撫でてやると、アリスの顔にパアッと笑顔の華が咲いた。

っていうか、この子って実は承認欲求というか、褒めてという気持ちが凄い強いみたい

なんだよな。

まあ、家族も殺されて魔法学院では虐《しいた》げられていたので、気持ちは分からんでもないんだが。

「それとアリス、弾丸と銃器の魔力強化を除去する訓練の状況はどうだ？」

「ええ、それなら解呪系の魔法の応用で何とかなるようにはなりましたが……何の意味があるんですか？　武器が弱くなるだけでしょう？」

「お前に銃器を与えた本当の狙いはそこなんだよ」

「と、おっしゃると？」

「近接職も魔法使いも、基本的には魔法やらスキルやらで防御力を上げているのは知っているな？」

「それは勿論。スキルの有用性は……時には相当なレベル差もひっくり返しますもんね」

「近接職業のスキルによる防御については、闘気や魔法に自動的に反応して防御力を高めるものが多い。そして魔法使いの結界系は物理結界にしろ魔法結界にしろ、あくまでも自分が魔法を使用した後に防御壁となるわけだ」

ふむふむという感じで、アリスは神妙な顔で聞いている。

尻尾をふりふりして可愛いので握りたくなったが、まあそれは今は置いておこう。

「そこで問題だ。魔力をまとわず、闘気もまとわない武器で——更に言えば存在が気づかれないような遠距離から攻撃を受けるとどうなる?」

「……何の防御手段も取れないままに、攻撃を受けることになります」

そうしてアリスはしばし何かを考えて「ほえー」と感嘆のため息をついた。

「シノブ様はそんなことまで考えていたんですね」

「つっても、ステータスの基本防御力があるからな。だが、状況と場合によっちゃあ……ハッタリ程度には通用するだろうよ」

これについてはガチンコ実戦での有用性は試してはいない。

が、アリスとレベル99の俺で実射試験をした時には、完全なる不意打ち状態であれば悶絶する程度には痛かった。

これが「銃撃が来る」と分かっている状況だと、何故かデコピンを食らった程度の痛みだったから不思議なもんだ。

何らかの防御スキルが関係していそうな気はするんだが、それはさておき。

ともかく、眼球とかにピンポイントで不意打ちが決まると、一時的に視界を奪うことや失明を狙うこともできるだろう。

そこで遠くを眺めていたガブリエルが俺の肩をトントンと叩いてきた。

「見えてきましたよ、シノブ様」

「ああ、懐かしいアムロジルドの街だな」

とりあえずは香織さんにクエスト終了の報告をしなければならない。

そうして俺たちは冒険者ギルド総本部へと馬車を進めたのだった。

†

冒険者ギルド総本部に到着すると、受付嬢からは非常に丁寧な対応を受けた。

まあ《暁の旅団》に所属している人間は、問答無用で幹部待遇なのでここは当たり前だ。

一応、俺は《暁の旅団》に所属する形になっているしな。

とはいえ、初対面の人間に深々と頭を下げられると、何だか背中のあたりがむずがゆい。

そして豪華な応接室に通されて食事を出された。

曰く、香織さんが出先ということで少し待っていてくれということらしい。

その後、紅茶を飲んでいるところで転生者ギルド『暁の旅団』のメンバーが現れた。

「すみませんお待たせしてしまって。ギルドマスターは所用で出ておりましたので」

「いや、美味しい食事を頂けてありがたいですよ」

「それではこちらに。ギルドマスターの準備も終わっていますので」

と、そんな感じで、俺たちは席を立つように促された。

それで廊下を歩き始めた頃合いで、俺は「はてな?」と小首を傾げた。

「ギルドマスター室に向かうんじゃないですか?」

「今回は《暁の旅団》の面々に、貴方を紹介するという意味合いもありますからね。地下の大会議室にご案内します」

しかし、香織さんには古代花のイベントについては報告すべきなんだろうか?

ありのままに伝えることの是非については、未だに俺の中では結論はついていない。

俺だけがログインが遅れたことに被せて、俺だけが強襲イベントを経験しているなんて、色々と不審点が多すぎる。

香織さんはともかく他の連中との火種になりかねないし……。

そんなことを考えながら、地下へと向かう階段を降り始める。

「しかし、えらく長い階段ですね?」

「ギルドの地下は魔法爆撃も想定されていますからね。この世界の地下室にしては、かなり手の込んだ仕様になっているんですよ」

それにしても、本当に長い階段だな。

建物の高さにして、三階分はあるだろうか?

で、地下に降りてそれから長い通路を抜けて、ドアを開けるとそこは広い部屋だった。

そこには円卓があって、他の部屋にもつながっているドアが二つ。

言われるがままに椅子に座る。

しばらくすると——俺たちが入ってきた別のドアから、剣や槍で武装した男たちが一斉に入ってきた。

「シノブ様……これはどういう状況なのでしょうか？」

「まあ、殺る気マンマンってことなんだろう」

と、そこで全てのドアの鍵が、外から締められる音が聞こえてきた。

「さて、ガブリエル」

「何でしょうかシノブ様」

「色々と予想はしていたが、最悪の状況でビンゴみたいだな」

「シ、シ、シノブ様……ど、どういうことなんですか!?」

慌てふためき震えるアリスの手を、落ち着けとばかりに握ってやる。

すると、アリスも幾分か落ち着いたのか震えが微かに止まった。

「言ったろ、俺は別に最初から《暁の旅団》を信用しているわけじゃないってな」

当然、これも想定の範囲内だ。

それに、この場に香織さんの姿が見えないことも気がかりだ。

色んな状況が考えられるが、ここはとりあえず素直に質問した方が良いだろう。

「で、香織さんは無事なのか？　それとも、これは香織さんの差し金なのか？　どっちなんだよ斎藤さん？」

前回、俺に絡んできて腕相撲に負けたスキンヘッドを睨みつける。

すると、以前と変わらぬ下卑た笑みで対応してきた。

「今林さんの指示通りに、念入りに痛めつけてあげるから覚悟したまえ……と、端的に言うとそういうことになる」

しかし、こいつも単細胞な男だな。

まさか会話を始めた瞬間に、黒幕がクソ野郎だろうと分かるとは思わなかった。

「ってことは、香織さんはどうなっている？　あの人はこの事態に賛同しているようには思えん。クソ野郎と仲が良い風にも思えないしな」

ギロリと更に睨むも、相手は怯まない
まあ、圧倒的有利な状況で殺しにきてるのは間違いない。

ここについては、俺が睨んだところでどこ吹く風なのは当たり前だ。

「ご察しのとおりにギルドマスター……いや、元ギルドマスターは今林さんとは仲が悪いんだよ。こんな世界でも警察気取りなんてね、ここのギルド員からそっぽを向かれても仕方ないだろう」

「そういえば、お前はクソ野郎のギルドから移籍して《暁の旅団》に入ったとか言ってたな……。と、なると、最初から内部からの反乱を狙って、クソ野郎がお前を送り込んだってところか？」

「本当にムカつく糞ガキだ。察しの良いガキは嫌われるという言葉を知らないのかね？」

と、そこで斎藤は露骨に舌打ちをした。

「しかし、君も前に会った時から反抗的な態度は変わらないね。だが、君は現実を知らなければならない。君を囲んでいる二十名は全員がレベル99の猛者だ。召喚師は配下を使って一人で何役もできるが……二十人相手はどうあがいても逃走すら不可能だぞ？」

レベル99が二十人だと？

確か《暁の旅団》の全てのレベル99を合わせても三十人程度のはずだ。

動員をかけたとしても、すぐにこんな人数が集まるとは考えにくい。

「……人数が多すぎる気がするが？」

「今、この場にいる人間はほぼ全員が今林さんのギルドから派遣されてきている人数だよ。他にも……そこのドアの奥に二十人程度が控えている」

四十人のレベル99……？

五大ギルドの戦力は拮抗《きっこう》していたはずだ。

《暁の旅団》が総動員を掛けても三十人なのに、どうしてクソ野郎はレベル99をポンと四十人も派遣できるんだ？

それだと、全戦力以上をこの場に派遣しているような計算になるはずだ。

「ふふ、数の多さに驚いたかね？　今林さんのギルドには更にレベル99がいくらでもいると聞けば、もっと驚くだろう？　この人数ですら、あの方の力のほんの一部なんだよ」

ってことは、あのクソ野郎……っ！

裏でレベリングの方法でも確立しやがったってことか？

「大体の事情は分かった。それで、香織さんは無事なのか？」

「心配には及ばないさ。拘束のために多少手荒なことはやったが、傷はつけていないよ
……性的な意味でもね」

性的な意味？

いや、クソ野郎の仕切るギルドだ。

そういう下衆な手合いの人間が多いってのは分かる。が、相手は現地人じゃなくて転生者同士だぞ？

現地人相手でも意味不明なのに、何をどうやったらそういう発想が出てくるんだ。俺にはサッパリ分からない。

「まあ、本当に安心すると良い。元ギルドマスターの香織さんは——君の母親に似ているらしいからね。今林さんの前に、我々が手を出したら殺される」

その言葉を聞いて、頭がクラリとした。

こみ上げる嘔吐感《おうとかん》と、得も言われぬ脱力感。

これはクソ野郎が妹の恵を……性の対象と見ていたと知った時以来の、どうしようもない気持ち悪さだ。けど、まあ……。

クソ野郎に同意するのはシャクだが、確かに似ていると言われてみると、そうかもしれない。

ああ、そうか。

だから、俺は香織さんには、ロクに話をしない内から好意的な感情を持っていたのかもな。

「それと元ギルドマスターの篠塚香織から君への伝言がある」

「伝言？」

「君を守れずに申し訳ない。結果的に私のせいで君を危険に晒してしまったことになる、本当に申し訳ない……とね」

悔し気に涙を流している、そんな香織さんの顔が脳裏に浮かぶ。

と、そこで、俺は唇からアゴにかけて冷たい何かが流れるのを感じた。

「ははは、唇を噛んで血が出るほどに怒っているようだな。そうだ！　そういう反応が見たかったんだよ！」

腹の奥から、ドス黒い熱い感情が溢れているのは自分でも分かっている。

これは俺が香織さんを良い人だと思っているからでも、母さんに似ているからということが理由なわけでもない。

ただ、純粋に——まともな人間を、クソ共が理不尽な目に遭わせている。

その事実が気に食わないだけだ。

「ああ、そうだな。今すぐここで全員ぶっ飛ばしてやりたい気分だ」

「気分？　なるほどなるほど、いくらクソ生意気な君でも、戦力差をようやく理解して少し態度を改めたようだね」

そうして、斎藤は醜悪な笑みを浮かべ、楽し気に言葉を続けた。

「レベル99の猛者四十名に囲まれた現況、未来永劫……君は今林さんはおろか、私にすらも勝てることはできない。これが組織の力であり政治力の力——賢い大人の力だよ」

ニヤニヤと笑う表情を見て、今すぐに右ストレートをぶちこみたい気分になる。

が、ここは自重だな。

俺もレベル99になったし、神威解放のスキルもある。

この場で戦っても、あるいは……いや、やっぱり流石に勝てるとは言い切れないか。

「確かに今は勝てるかどうか分からないな」

「勝てるかどうか分からない？　何を言っているのだ？　どう考えても君はこのまま袋叩きにされて、手足をもぎ取られ、ダルマ状態で今林さんのところに引き連れられていって、永遠の拷問を受ける未来しかないだろうに？」

どうやら、マジで俺のことを無茶苦茶にする予定のようだな。

斎藤の浮かべたサディスティックな、ある種のド変態的な薄ら笑い。

どことなくクソ野郎にも似たその笑いに、俺の不快感はマックスに達する。

「だが、それは今のままという前提だ。未来永劫ってのは否定しておく」

「ハァ？　何を言っている？　この場で我々の捕虜になる君に未来などないだろうに？」

まあ良い、私の小便を頭から被った時、君がどんな表情をするのか……今はそれが一番の楽しみだ」

さて、ここらが潮時だな。

これまで幸いにも使用することがなかったが、遂に緊急避難手段としてのアレに登場を願おう。

ステータスメニューオープン。アイテムボックスからアガルタの鍵を選択。

すると、俺の掌に金色の鍵が収まることになった。

――アガルタの鍵を使用する。メンバーはここにいる仲間全員だ。このまま二階層に転移してくれ。

心の中でそう呟くと、斎藤が「あっ！」と声をあげた。

「なんだこれ……体が透けて……？　それにこの光……おい、待て！　どこに行く！」

「すぐに戻るさ、お前等をぶっ飛ばしにな」

「何故だ！　何故逃げることができる！　空間転移は対策済みだぞおおおおお！」

そうして、俺たちは斎藤の絶叫のＢＧＭを背景にアガルタへと向かったのだった。

†

——アガルタへの十三階段：第二階層。


前回は、神話級ゴブリン。

そんなワケの分からない魔物が巣くっていた洞窟内だった。

が、今回は打って変わって、古代ギリシアのような石造りの宮殿が建ち並んでいる——

そんな岩肌の山岳地帯だ。

「シノブ様……ここは？」

「難易度エクストリーム。前に話をしたこともあったと思うが、アガルタへの十三階段という名のダンジョンだ」

「これが……十三階段ですか」

「ああ、レベル上げにこれ以上の場所はないし、クリアーすればスキルなんかの特典がもらえる可能性もあるな」

しかも、もらえるスキルはぶっ壊れたものだ。

が、リスクはやはり馬鹿ほど高い。今回は回復の宝珠の残数もゼロだしな。

とはいえ、さっきの確定死の状況からすれば幾分にマシではある。

ともかく、今回はギリシア神話をモチーフにしてるっぽいからゼウスとかそっち系の神様でも出すつもりなのか……？

そんなことを考えていると、アリスが「あっ！」と遠方を指さした。

「何か……塔みたいなものがあちらにあります」

遠視魔法で見ると、確かに遥か遠方に天を貫かんばかりの背の高い塔が見えた。

背は高いけれど、塔自体は細いものだ。この距離で、肉眼では到底目視できない。

「本当にお前は目が良いな、見つけてくれて助かった」

ニコリと笑って頷くと、アリスは若干頬を染めて愛らしく微笑んだ。

「えへへ、褒められちゃいました」

他に色々と見渡したが、特に目ぼしいものはない。

どうやら、あの塔に向けて歩けってことなのか……。

と、塔に向けて歩き始めようかと思ったその時、頭の中でピロリロリン♪　とアナウンスが鳴った。

十三階段：第二階層にようこそ！

――こちらの階層では魔王の巣となっている塔を登り、頂上を目指してもらいます。

――これまでゲーム内で登場した全ての魔王が現れますので、塔に入る場合は万全の状態で挑んでください。

そのアナウンスを聞いて、俺の肺から乾いた笑いが漏れてきた。

神様系を相手にすると思っていたら……魔王の巣だと？

「ど、どういうことなんですかシノブ様？　私にも神の声が聞こえましたけどっ！」

「ボスラッシュってことだろう」

「ぼすらっしゅ？」

「……とても強い魔物と連戦になるだろうってことだ」

「あ、それだと分かります！　すっごい分かりやすいです！」

ゲーム内にも魔王という概念はある。

っていうか、ボスによく使われる強種族の一つだな。

で、記憶によると結構な数の魔王が今までゲームに出てきていたと思う。

どれもが強敵だったんだが、それでも一度はゲーム内のストーリーやイベントで倒している相手だ。

しかも、昔に出てきた魔王なんかだったりしたら、今ではワンパンで倒せるのもいる。

と、なると……それをそのまま倒すなんて芸のないことはやってこないだろう。

考えられるのはボスが複数同時に出てきたり、あるいは強化版が出てきたりといったところか？

とはいえ、ここはまだ第二階層だ。

クリア不可能や、あるいは無理ゲーな難易度に設定しているとは考えにくい。それをやるなら最初か最後、あるいは五や十の倍数の階層と言ったところだろう。

そう考えると、神威解放もあるし、レベル99にもなったし、意外にすんなりと通れる可能性もなきにしもあらず。

ただ、最大の問題がアリスの存在だ。

前回と同じく十三階段からの途中帰還は無理っぽい。

このままレベル30そこそこのアリスを連れて行くことには……やはり相当な抵抗がある。

「ともかく行くしかないな。おい、ケルベロス」

魔獣状態のケルベロスを召喚すると、すぐさまケルベロスは頭を垂れてきた。

「門番としてのお前の役割は盾だ、アリスを任せたぞ。俺よりもアリスを優先して守ってくれ」

「御意のままに」

そうして俺たちはシステムのアナウンスに導かれるままに、塔へと向けて歩みを進めたのだった。

†

「はたして鬼が出るか、蛇が出るか」

そう思い塔の扉を開いた瞬間、俺の目の前が真っ暗になった。

続けて昔のテレビの砂嵐のような視界と「ザーッ」という音が聞こえてきた。

と、思ったら、すぐに視界がクリアーになる。

そしてそのまま俺は絶句し、呆然とその場に立ち尽くすことになった。

鬼が出るか蛇が出るかとは思ってはいたが――

「……まさか、渋谷が出てくるとは思わなかった」

眼前には、ハチ公前広場。

パニックになりそうなのを抑えて、周囲の状況を確認する。

人影はない。

が、ビル群の多くは半壊している。

ところどころから煙も出ているし、火事も起きているのだろう。

一瞬だけ「現実へ帰還した」という可能性も考えたが……それにしては非現実的な光景だ。

戦争か何かの後のような光景だし、何よりも人影がない。

そして、俺は更に有り得ない光景を目の当たりにすることになる。

「何だ……これは?」

駅前の開けたスペースに横たわっているのは魔王アスタロト。

地獄の大公爵であり、龍魔獣を駆るゲーム内で屈指の強ボスキャラだ。

だが、アスタロトの頭部は完全に吹き飛ばされていて、ピクリとも動かない。

アスタロトが騎乗していたと思われる龍についても同様だ。

近くの地面に横たわっていてこれもやはり、ピクリとも動かない。

そして、その龍の死体を椅子にして、青年が空を見上げ脚を組んで座っていた。

「何だこれはと言われれば、僕は水鏡達也だと返事をするしかないね」

軽く跳躍し、ストンと言う感じで青年が降りてきた。

銀の髪に片目は眼帯。

パーカを羽織ってジーンズという出で立ちの……中性的な美しい顔立ちだった。

「初めまして、飯島忍君。僕は《観察者》として、ここ最近はしばらくずっと君を見ていたんだ。だから、僕的には初めましてというのは不思議な気持ちなんだけどね」

水鏡達也……？

そういえば、香織さんが言ってたな。

確かラヴィータオンラインのランキング一位で、医大生でありながら国体に何種目も出ているようなスーパーマンだ。

そして、プレイヤーキラーを殺す形でギルドコインを貯めて、外の世界に出た男でもある。

何故、アガルタへの道に水鏡がいる？

何故、渋谷？

そもそも、魔王を水鏡が倒している？

そもそも、ずっと見ていたとはどういうことだ？

聞きたいことは色々とあるが、どういう風に話を切り出して良いか分からない。

「ああ、そうそう。魔王討伐の経験値は君とその子に割り振っておこうか」

パチリと指を鳴らすと同時、俺の頭にアナウンスが鳴り始めた。

――レベルがアップしました。

――レベルがアップしました。

――レベルがアップしました。

アナウンスが終わると同時、アリスがパニックになった様子で俺に言葉を投げかけてくる。

「レベルアップが……止まりませんっ！」

「どういうことだ……？」

「まだ上がっています、また……ほら、また上がりましたっ！」

また上がったと言われても、アリスの頭の中のアナウンスは俺には聞こえない。

しかし、経験値を割り振っただと？

「これはどういうことなんですかね、水鏡さん？」

「第二階層の突破適正レベルは１２０だよ？　そりゃあレベルアップは止まらないだろうさ、アリスさんはレベル29でボスラッシュを潜り抜けたんだからね」

「ボスラッシュを潜り抜けた……？」

「そのとおり。最後の一体は死体まるごと渋谷までついて来ちゃったけど、第二階層の塔の中は魔王の死体だらけだ。まあ、君と話をするのに邪魔だから、連中を階層丸ごと消したと理解してもらえれば良い」

「なるほど。と、なると、古代花のイベント……黒幕は貴方だったんですね？」

そう言うと、水鏡は「おっ!?」という表情を作り、続けてパチパチと掌を鳴らし始めた。

「色々と見ていたが、本当に君は呑み込みが早いね。褒めてあげるよ」

「古代花イベントでの『ＯＢＳＥＲＶＥＲ《オブザーバー》：Ｔ・Ｍ』やらの文字。それで観測者：水鏡達也って貴方は自分でさっき言ったじゃないですか？　それに経験値の譲渡やらの明らかにシステムに介入した現象、これがゲームとするのであれば、貴方が運営側と理解できないほうがおかしいでしょう？」

「そうだよ、そのとおり。古代花のイベントでは僕が介入して、君から回復の宝珠を取り上げたんだ」

「やはり目的は回復の宝珠だったんですね。その結果、俺が死ぬ……あるいは世界が滅ぶ可能性もあったんじゃないですか？」

「だから、あの都市と周辺地だけをイベントの範囲内としたんだ、壁があっただろう？古代花が肥大化すれば、自身の肥大速度に押しつぶされて……壁の中で自滅するという寸法さ」

　淡々とした口調で水鏡は言葉を続ける。

「まあ、途中で君をレベルアップさせてギリギリ勝てるように調整し、被害が出ないように配慮はしたけどね」

「でも……俺が戦闘でミスっていたら？　一歩間違えば……」

「その時は仕方ない。地域丸ごと全滅だ」

　そして、俺は拳をギュッと握りしめて奥歯を噛みしめた。

「……ふざけんなよ」

「ふざける？　僕は至って大真面目だけれど？」

「何か理由があって俺を的にかけるのは一万歩譲ってそれで良い。だが――あの都市には生きてる人間がいたんだぞっ！」

イザベラさんたちのことを思い出して、俺の腸は煮えくり返って止まらない。

結局、こいつも同じだ。

この世界に生きている人間に対して、まともな感情を持ち合わせちゃいない。

こいつはただのゲームデータか何かと思っているみたいだが……。

ガブリエルたちと過ごしたのはほんの少しの期間だが、少なくとも俺にはこいつらは血が通った人間にしか見えない。

「どうやら、俺はお前とは仲良くはできなさそうだな」

「ふふ、君の個人的な感情なんてどうでも良いよ。僕としてはチートは見過ごせないだけだからね」

「……チート？」

「いや、しかしまさか飯島恵さんの思いの力がここまで強いとはね。君が不正アクセスでチュートリアルに辿り着くとは思いもしなかった。存在を消しておいた回復の宝珠までが、チュートリアルを経由した君には適応されたものだから僕も困ったよ。ゲームバランスが無茶苦茶になるからね」

「恵だと……？　お前は何を知っている？」

そういえば、妹の写真を香織さんに渡したのもこいつっていう話だったな。

「何を知っていると言われれば、何でも知っているよ？　僕は《観察者》であり……ゲームを楽しく不正なしでプレイさせるための《執行者》なのだから」

「すまんが、さっきから何言ってるかサッパリ分かんねーよ」

そう言うと、水鏡は「つまり……」とニコリと笑った。

「バグでアガルタに向かおうとしている君を、立場上殺さないといけないという話だよ」

その言葉と同時、ガブリエルが水鏡に躍《おど》りかかった。

そしてパチリと水鏡が指を鳴らすと、奴の掌に水晶の剣が現れた。

水鏡はガブリエルの攻撃をひらりとかわし、続けざまに剣での一撃。

直撃を受けたガブリエルは翼で羽ばたきその場を緊急回避。

そして、ケルベロスがドサリとその場で倒れた。

どうやらダメージを肩代わりするスキル：身代わりが発動し、ケルベロスが一撃でやられたらしい。

ってか、おいおい……。

神威解放した前衛盾のケルベロスのＨＰを一撃で削り取ったって言うのかよ。

古代花ですら半分は残ってたぞ?

「もう少しお行儀よくしてくれるかなガブリエル。こう見えても僕は無敵じゃなくて、普通に殴られれば痛いんだからね？」

蘇生魔法でケルベロスを即時復活させるが、ＭＰが結構吹き飛んだな。

しかし、こいつ……とんでもない使い手だ。

まともにやっては勝ち目がないことは、今のガブリエルとの攻防だけで良く分かる。

「しかし、無茶苦茶な話だな」

「無茶？　何の話だい？」

「お前はチートだのズルだのというが、別に俺は……与えられた状況で必死に生きているだけだろう？」

「まあ、君が望むも望まざるも、あるいは君の意思によるものであれ、そうでないであれ、そういう風に認識せざるを得ないということが問題なのさ。この場合はね。ってことで、忍君、これからゲームを始めようと思う」

「ゲーム？　俺を殺すことが目的じゃないのか？」

と、俺が戸惑っていると水鏡はクスリと笑った。

「いや、結果として殺すことは構わないが、一応僕はフェアにゲーム進行が行われるための執行者だからね」

「……？」

「古代花のイベントでも、ちゃんと命を賭けたことに対する報酬はあげているはずだよ。まあ、生き残るためには宝珠を使えって言う意味合いもあったんだけれど、あの時の主目的は回復の宝珠を取りあげるってことだから、それさえ達成できればそれで良かった」

「……そういえば、さっきのレベルアップでは、特典の回復の宝珠の取得は行われなかったな」

「外の世界のゲームでは、新規優遇キャンペーンなんかで大盤振る舞いすることもあるからね。実はあれってレベルアップごとに宝珠の数を任意に変更できたりするんだよ」

「レベル99以降についてはレベルキャップの関係で未実装だから、宝珠の数が設定されていなくて……結果として取得ゼロだったたってことか？」

「そういうことだね。でも、君の場合は今ここで死んじゃった方が幸せになれると思うよ？　いや、これは本当の話でさ。君のこれまでを《観測者》として見てきた僕には分かるんだ」

「死んだ方が幸せだと……？　さっきからふざけてんじゃねーぞっ！」

怒りの声を向けるが、水鏡はやれやれと首を左右に振る。

「理由を聞かせたいところだけど、それをやっちゃあ《このゲームの趣旨《しゅし》》に反しちゃうからね。公正なプレイを守らせる側としては、説明できないのが心苦しいところだ。ああ、ちなみに質問は受け付けるから何でも聞いてくれ」

「何故、妹を知っている？　妹はお前にとって……いや、このゲームにとっては何なんだ？　いや、そもそもこの世界は何なんだよ!?」

「立場上答えられないね。まあ、もうバレちゃってる部分もあるから、君は非常に特別な立ち位置にいるとだけ回答しておこう」

「……お前は一体何なんだ？　ログアウトチケットを手に入れているはずなのに、どうしてこの場に戻ってきた？」

「僕は中途半端だったんだよ。だから、あちらにもそちらにも行けず、ここに戻ることになった。これ以上は答えられない」

「……なら、他のログアウトチケットを貰った連中はどうなったんだ？」

「ログアウト済みだ。それ以上は……興味があるなら自分でチケットを手に入れて、自分の目で見ると良い。特に君の場合は本当にそれをオススメしておくよ、観測者としての立場からね」

なるほど。

つまりは、質問にはほとんど答えるつもりはないということで良いらしい。

話が通じない奴であろうことは、何となく分かっていた。

が、コレはマジで話が通じないタイプの奴みたいだな。

「では、質問を変えよう水鏡。今、この場で行われる俺とお前のゲームってのは何なんだ？」

「話は簡単さ。君たちの命の限り、つまりはHPとMPが続く限りに僕と戦って――有効打を一撃でも加えれば良い。それで君たちの勝ちだね。勿論、ゲームオーバーは君たちの死亡だ」

つまりは、攻撃を一度も当てさせない自信があるってことか？

不敵に笑う水鏡にうすら寒いモノを感じ、俺の背中に嫌な汗が伝ってくる。

「俺たちがそのゲームをクリアーしたらどうなる？」

「今回のゲームはバグの不正利用に対する罰でそれ以外に他意はない。古代花のイベントと同じく、死の危険というお仕置きを乗り越えた後は、アガルタには正規ルート以外では向かえないようにするだけで別に何もしない。ああ、そうだね、理不尽と褒美は等価交換だから……今回はもしもクリアーできたら、先ほどの経験値以外に何か一つ褒美を与えよう。古代花の時と比べ、君たちが負うリスクがあまりにも大きいから……そうしないとバランスが取れない」

と、その時──。

「なら、ここで貴方に攻撃を入れてゲーム終了ね」

水鏡の影の中からツクヨミが現れて、死神の鎌を振りかぶった。

そうして水鏡の首に鎌が届いたと思った瞬間、その斬撃がピタリと止まった。

「忍君？　君はひょっとして……飼い犬の躾《しつけ》ができない人なのかな？」

ニコニコと笑う水鏡は、ツクヨミの鎌を右手親指と人差し指で止めていた。

おいおい……指で真剣白刃取りかよ。これはちょっと信じられんぞ？

「シノブ君……コレ、相当強いわ」

ツクヨミの顔が引きつっているが、俺の顔も今はそんな感じだろう。

ケルベロスが一撃でやられたことから大体の状況は察していたが、やはり想像通りで間違いない。

こいつ……マジでとんでもねーぞ！

「ははっ！　しかしデータにコレ扱いとは……君たちのことは否定しないけれど、人間同士の話し合いを邪魔はしないでもらいたいね。それで忍君？　ツクヨミはやってしまって構わないのかい？」

「ちょっ……待て！　止めろ水鏡！」

言葉と同時に水鏡が剣を振る。

と、同時に今度もやはりケルベロスの首が飛んだ。

「この……っ！　水鏡っ！」

そのままツクヨミはバックステップで水鏡から距離を取る。

ケルベロスの回復と蘇生はガブリエルに任せるとして……。

「待てだの止めろだの言われても、仕掛けてきたのは君たちが先だろう？」

やれやれだとばかりに水鏡は肩をすくめる。

と、そこで、俺はアリスに目をやった。

「水鏡……今の話の理屈からすると、アリスは関係ないだろう？　こいつについては見逃してやって欲しい」

俺の問いかけに、しばし考えて水鏡は頷いた。

「まあ、それはごもっともな話だ。オーケー、彼女については僕からは手を出さないことを約束しよう」

「全て終わった後、アリスを元の世界へ帰還させることまで約束して欲しいんだがな？」

「疑い深い人だ。なら、君が僕とのゲームをクリアーするか否かにかかわらず、状況が終了次第に……北の都市の大賢者イザベラの屋敷にでも転移してあげるよ。ただし、僕と君のドンパチに巻き込まれることまでは面倒見切れないからね」

「聞いてのとおりだアリス。お前は……この場からできる限りに遠く離れてくれ、今すぐに」

「でも、シノブ様……っ！」

「良いから行けっ！」

俺の言葉を受け、しばしの逡巡《しゅんじゅん》の後にアリスは渋谷の街を駆け出し始めた。

これで後顧の憂いはない。

「彼女に逃げる時間を与えるついでに、ルールの説明をしようか」

「ルール？　お前に一発入れるだけって話だろう？」

「そのことなんだけどね、さっきのツクヨミの例を見たとおり、君たちの攻撃はどうあがいても僕には届かないと思うから……最初にそれを説明しておかないとフェアじゃないんだ」

確かにさっきのツクヨミの攻撃は、奇襲として完璧だった。

意表をついた状態でアレだったら、こいつに一発入れるのは至難の業だろう。

「まず、僕は何でもできる神様ではないし、無敵でもないんだ。そうでなければ君に提案したゲームは……ゲームとして成立しないしね。ただし、この世界の全プレイヤーの中で最強と認識してもらって構わない」

「……それで?」

「僕の職業はソードマスター職でレベルは130。他に伝えておかなければいけない重要事項は、全ての魔力を見通す水慧《すいけい》の魔眼《まがん》を始めとして、明鏡止水、他にも状態異常無効などの未実装のチートスキルはあらかた身に付けているということだ」

「水慧の魔眼は……魔力の流れを可視化できるようになって、単体攻撃魔法を避けることができるようになるとかいうトンデモな能力だったか?」

「そのとおり。明鏡止水ってのは、言うなれば漫画とかに出てくる武道の達人の究極版だね。目に映る範囲の全ての攻撃を、武の理合いという意味の分からない概念で避けることができるようになるというものだ。現在の君と僕——レベル差が30もあったら、魔法を含めて直接攻撃を当てることは不可能だと考えてもらって結構」

「……回避特化か」

「そういうことだね。普通は水慧の魔眼と明鏡止水っていうスキルの組み合わせは、あまりにもチートだから選べない。なんせ、魔法も近接も単体攻撃の全てを封殺してしまうような力だからね。ちなみに範囲爆撃まではでは対処できないので、それはナシでお願いするね。ゲームとして成立しなくなるから」

「範囲魔法禁止？　えらくお前にとって都合が良い風に聞こえるが？」

「お望みなら、一発当てたら君たちの勝ちという、君たちにとってえらく都合の良い枷《かせ》を外して……純粋な殺し合いをしようか？　それでも構わないよ、君がそう望むならね」

「……分かった。範囲魔法はなしで構わない」

と、そこで水鏡は話は終わりだとばかりにパンと掌を叩いた。

「そろそろあの娘も遠くに逃げた頃合いだろう。始めようか」

「ああ、お前をぶっ倒して……俺は外に出させてもらう。それ以降は二度と俺たちには干渉しないと確約しろ」

そう言うと、水鏡は小首を傾げてクスリと笑った。

「ほう、勝算がありそうな顔だね？」

「やる前に諦める馬鹿がどこにいる？」

「面白そうだ。君に思考の機会を与えるのがルール説明の趣旨だから、もちろんそれで良いんだけど……まあ、やってみるが良いよ」

†

戦闘が始まって二十分程度。

俺たちはただ、ひたすらに渋谷の街を駆け回っていた。

――既に蘇生手段を持つ、俺とガブリエルの残りＭＰは二割を切っている。

これまで何度も一方的に斬られているが、水鏡の戦闘能力は冗談抜きでぶっ壊れている。

奴が剣を振れば、それだけで俺たちは文字通りの一撃死。

と、いうかケルベロスがその時点で即死する。

そして、全員で一斉攻撃を施しても俺たちの攻撃を完璧に避けて、影すら踏ませてくれないような状況だ。

30というレベル差。

そして、水慧の魔眼と明鏡止水という回避特化チートスキルの賜物《たまもの》ということだが……。

マジで化け物としか思えない力だ。

「逃げ回っていても勝ち目はないよ！」

ビル群の中、大通りを後方から追いかけてくる水鏡がそう呼びかけてくるが相手にはしない。

そして、俺たちはこれまでの戦闘中に目星をつけていた丁度良い塩梅《あんばい》の壊れ方に見えるビルへと入っていった。

元は百貨店か何かのようで、化粧品の香りが鼻につく。

「シノブ様！　構わずにそのまま走ってください！」

ケルベロスの声と同時に、背後でツクヨミが斬られたような音が鳴り響いた。

続けて、俺の横を走るケルベロスがダメージ肩代わりの影響で床に転がる。

そして、今度はツクヨミの悲鳴が響き渡った。

クソッ！　二人同時にやられた。

蘇生能力を持つ俺とガブリエルがいれば態勢は立て直せる。

とは言っても、流石に何度も何度も仲間が斬られるのは、精神的に来るものがある。

──が、俺たちも勝算なしにこれまで逃げ回っていたわけではない。

フロアーの中心部まで辿り着いたところで、俺とガブリエルは逃げる足を止めた。

そして振り返り、水鏡と対峙する形になったのだ。

「鬼ごっこはここで終わりかい、シノブ君？」

「このまま逃げ続けてもジリ貧なもんでな」

実際に残りのＭＰは二割を切っていて、逃げ回っていても先がないのは明らかだ。

「やはり考えがあるようだ……それでは見せてもらおうか、君の策をね」

水鏡が俺に向けて繰り出した水晶の剣を、横合いから飛び出してきたガブリエルが受ける。

「シノブ様……ご武運を」

と、ガブリエルがその場で崩れ落ちると同時、俺は暗闇の魔法を唱えた。

「第四階梯・暗黒物質《ダークマター》」

この魔法は相手の周囲を暗闇で包み、視界を塞ぐ魔法だ。

「はは、僕に状態異常が通じないということは説明したんだが、忘れっぽいのかな!?」

俺も馬鹿ではないし、そんなことは知っている。

続けて、アイテムボックスを呼び出した。

そして取り出したアイテムを放り投げると同時、俺は固く目を瞑《つぶ》る。

──スタングレネード。

ギルドコインで交換したフラッシュバンとも呼ばれる兵器で、要は相手の視力を奪う武器だ。

そして、瞼《まぶた》を閉じていても分かるような、暴力的な光が一面を包み込んだ。

「魔法による状態異常は無効だろうが、現代兵器での目つぶしはどうよっ!?」

「目が……見えな……っ！」

良し、通った！

目が見えなくなるかどうかは賭けではあった。

だが、スタングレネードの光の暴力ってのは物理的に目の機能を奪う形だからな。

解釈的には、剣で目を刺して機能を潰すのと同じという理屈かも……と思ったが、ドンピシャリだ！

そして俺が瞼を開くと同時、そこには拍子抜けした表情の水鏡が立っていた。

「確かに……僕の目は見えなくなったが、それがどうかしたのかい？」

「明鏡止水ってのは、肉眼でとらえたあらゆる攻撃を避けるスキルだろう？　目が見えないなら物理攻撃を避け続けることはできないはずだ」

「なるほど。理屈は分かるが考えが足りなかったね」

水鏡は自身の首につけている髑髏《どくろ》のネックレスを外すと同時、ゆったりとした動作で俺に向かって正確に投げつけてきた。

「眼球の機能としての僕の視覚は死んだ。が、このとおり、僕には君が見えている。僕は魔力の流れを見る《水慧の魔眼》を持っているんだ。本来は単体魔法攻撃を避けるために魔力を第六感として知覚するスキルだが、少し考えれば――魔力を持って、更に言えば身体能力強化まで施して動いている君の姿を捉えることができることくらいは分かるだろうに?」

そうして「残念だ」との言葉と同時に水鏡は首を左右に振った。

「この程度が奥の手だったなんて、全く以て……君を買いかぶっていたようだね」

「これで上手くいけば上々だが、俺もこの程度でお前に一発入れることができるとは思っちゃいない」

「ほう、まだ何かあるのかい?」

「お前は疑問に思わなかったのか?　何故に俺が同時召喚数の限界まで……召喚獣を呼ばなかったのか」

するとと、水鏡は焦点の合わぬ目でニコリと笑みを浮かべた。

「それは楽しみだ。君は一体何をするつもりなのかな?」

「第五階梯召喚：炎龍神皇《バハムート》っ！」

その言葉を聞いた水鏡は周囲を見渡し「あっ！」と、声を上げた。

ようやく、今の状況が飲みこめたようだな。

「バハムートの巨体で……ビルを倒壊させるつもりかっ!?」

「良い感じに半壊してた建物があったからなっ！　利用しない手はないだろうっ！」

そうして、俺はファックサインを作って水鏡に向けてニヤリと笑みを浮かべた。

「建物の崩壊だ。飛び散る瓦礫《がれき》や破片——避けきれるもんなら避けてみろっ！　これも立派な物理攻撃だっ！」

バハムートが召喚され、その巨体がビルの天井を突き抜け、柱を破壊し、そしてビル全体が大きく揺れ始める。

魔術師である俺は物理結界を張れるし、生き埋めになることはない。

それに次元転移やら何やらで、外に出る手段もいくらでもある。

だが、水鏡はどうだ?

剣士職の宿命で魔法を使えないアイツは、瓦礫をまともに受けて生き埋めになる以外の道はない。

流石にそれで死ぬことはないし、自力で穴を掘って外に出てくることもできるだろう。

——だが、瓦礫をまともに受けた以上は、一発入れたことには変わりがない。

魔法による範囲攻撃を避けることができないという時点で、最初から俺はこのプランを思いついていた。

つまり、これは——

——物理による範囲攻撃。

ここからひっくり返せるもんなら、ひっくり返してみやがれ。

そして、轟音と共に天井と床が崩れ、ビルの倒壊が始まったのだった。

†

瓦礫の中から、空間転移魔法で外に出る。

そこにはテレビで良く見るビルの爆破解体現場のような光景が広がっていて、我ながら「無茶苦茶やってしまったな……」と苦笑した。

ともかく、これで水鏡が仕掛けてきたゲームはクリアーだ。

そう思ったところで、俺はその場で固まり……ポツリとこう呟いた。

「……嘘だろ?」

俺の眼前に現れたのは、空間転移魔法で現れた水鏡だった。

しかも、水鏡の服には土埃一つ付着しておらず、瓦礫の被害は皆無に見える。

「どうして……?」

「君もやったんだろう? 魔法障壁による物理結界だよ」

「いや、お前は剣士職のはずで……空間そのものを保護するような結界は張れないはずだ」

「さっき、僕はこう言ったはずだよ。未実装のチートスキルはあらかた身に付けているとね。未実装スキルの中には、魔法剣士っていうロマンのある職業を実現するスキルもあったわけだ」

「なっ……!?」

そんなスキル、俺は知らないぞ……?

あれだけフェアだの言いながら能力説明をやってたのに、そんなのほとんど騙し打ちじゃねーか。

散々にチートを糾弾された挙句に、だからこそ罰だと言って命がけのゲームをやらされてるわけだろ？

「おいおいそりゃあ酷いんじゃねーか、水鏡？」

まさに、本来の意味でのチート《騙す》という言葉がこれほど似合う状況もない。

が、納得はいかないが、やられてしまったものは仕方がないのもまた事実だ。

「まあ、君の気持ちは分かる。これは対外的には未公表のスキルだからね。これについては僕も使う気ではなかったし、フェアという意味では……正直な話をすると悩むところではある」

「悩む？　何をだ？」

「忍君。僕はまさか君がここまでやるとは正直思わなかった。そして僕としても、君に知らせていない能力で窮地を脱したのは事実だし、それについては思うところもあるんだ。フェアじゃないからね」

「なら、そちらの反則負けで俺の勝ちにしてくれるってことか？」

「いや、彼女の天秤に確認したところ、ギリギリで……セーフというところらしい。が、僕としても本意ではない。だから、ここは引き分けで手を打たないか？」

彼女の天秤？　何のことだ？

聞き覚えのない言葉に引っかかりを覚えるが、それよりも――。

「……引き分けだと？」

ああと頷き、水鏡は言った。

「このゲームは終了し、君の前から僕という脅威は消える。ただし、システムから不正に受け取ったアガルタの鍵については没収させてもらうし、特に褒美もない。手打ちの条件としてはこんなものだけど、どうだろう？」

「……気に食わないな」

「とはいえ、これ以上の譲歩は僕にはできないんだよ。君が拒否するなら……このまま君を殺すしかなくなるんだが、どうだろう？」

「まあ殺されるってのも、無理な相談だな」

「だろうね。じゃあ、引き分けということで……」

と、そこで俺は水鏡に向けて、再度のファックサインを向けた。

「引き分けも殺されるのも両方なしだ。俺は――お前に勝利してこのゲームを終えるっ！」

言葉と同時、水鏡の眼帯が弾け飛ぶ。

そして、頭部に衝撃を受けた水鏡は大きく後ろに仰け反った。

その瞬間、弾丸に遅れて、ドンッと銃声が聞こえてきた。

音速を超える銃弾だから、音が遅れてやってくるのは当たり前の話。つまり、今のはアリスの――

――アンチマテリアルライフルによる長距離狙撃。

そこで、ようやく自身に何が起きたのかを理解して、水鏡は「なっ……!?」と声を上げた。

「これで俺の勝ちだな水鏡。キッチリと一発……顔面に入れてやったぜ」

「何故……?」

「こっちも奥の手を使うことになるとは思っていなかったが、策を練るなら二段構えって奴だ。まあ、要はツクヨミの影分身のスキルで、アリスと連絡を取っていたんだ」

「いや、それは分かるけど……。僕に当てたのは君たちの使っていた魔力を込めた銃弾だよね？　アレだったら水慧の魔眼で魔力を感知し、明鏡止水で自動で避けることができるはずだ」

驚き慌てふためいた様子の水鏡に、俺は小さく頷いた。

「そのとおり。明鏡止水のスキルは目に見えた物理攻撃を避けるんだよな？　そして、水慧の魔眼は魔力を可視化して、明鏡止水と連動して魔法を避けるというスキル連携構造のはずだ」

「だから、魔力強化を施された武器なら、僕は水慧の魔眼で見た魔力を明鏡止水で……」

そこまで言って、水鏡はアリスが何をしたのかを察したらしい。

証拠に、降参だとばかりに水鏡は両手を挙げた。

「アリスは武器の魔力強化を解除することができる――それが答えだ」

そう告げると、水鏡は破顔し「ははっ！」と小さく笑い始めた。

「……はは、はは、ハハハハハハッ！」

笑い声は大きくなり、しまいには水鏡は腹を抱えて笑い始めた。

「アハハハハハハッ！　いや、凄い……凄いよ君！　最初からそこまで考えていたのかい!?」

「凄いのはお前だよ。どんだけデタラメな能力を持ってんだよ……ここまでやって、一発入れるのが精いっぱいだったんだぞ？」

「いや、本当に君は凄いよ。生き残ることに対して全力で足掻く能力とでも言うのかな？　僕から本当に一本取ってしまうなんて……ふふ、はは、ははははっ！」

「……で、これで俺の勝ちってことで良いのか？」

「ああ、文句なしの一本だ。僕も君と似たような感じでプレイヤーをやっていたけど、ここまで清々しく負けたのは初めてだ。良し……気に入った。一つ良いことを教えてあげよう。君の妹のことなんだけどね――」

と、水鏡は急に真顔になって、俺の耳元でこう囁《ささや》いた。

「君の妹は、この世界に受肉すると同時に死ぬ。そういう風に世界に定められている」

「なっ……？」

そう言うと、水鏡は俺に背中を向けて、後ろ手を振りながら歩き始めた。

「色々と疑問が一杯だと思うけど、立場上……あまり誰かに肩入れしたり、情報を流すわけにもいかなくてね」

「おい、ちょっと待てよっ！」

「それじゃあ、もう二度と会うこともないだろうけど……」

「だから待てって！」

呼び止めるも、水鏡からの返事はなく――。

気が付けば、俺たちは冒険者ギルド総本部の街の外――大草原に佇んでいたのだった。

†

「……何だったんだアイツは？」

冒険者ギルド総本部には戻らず、とりあえず俺たちは北の都市に戻った。

そして、まずは休息とばかりに宿屋で温かい食事をとっていたんだが――。

「この世界にゲームの運営のようなものがあるとして、アレは関係者であることは間違いないのでしょうね」

「そうだなガブリエル。ただ、奴の目的がイマイチ分からん」

「《観測者》であるだとか《執行者》であるだとか……色々と言っていましたが」

「《執行者》については、俺みたいにチート……まあ、俺の場合は不可抗力なんだが、運営が望まない形で力を得た人間を調整する役割だろう」

「《観測者》という言葉もイマイチ要領を得ませんね。シノブ様のことをずっと見ていたと言っていましたし」

「普通に考えれば監視役ということなんだろうが……やっぱりイマイチ要領を得ないな」

と、その時、メッセージウインドウが開いて、頭の中にアナウンスが響いた。


――プレゼントボックスに新着のプレゼントが届きました。

プレゼント？

メニューを開いてみると、そこには確かに『通信水晶』という名前のアイテムが届いていた。

アイテムボックスから通信水晶を取り出すと、すぐに水晶玉に相手の顔が映し出される。


「やあ、さっきぶりだね忍君」


二度と会うこともないと言ったばっかりだろ水鏡！

と、喉元まで抗議のツッコミがでそうになったが、そこは止めておく。

「……どういうことなんだよ？」

「そういえば、君には褒美をくれてやるという話をしていたけど、忘れてしまっていてね。ギブ&テイクとは少し違うが、公平性を保つということが僕にとっては重要なんだよ」

ああ、そういえばそんな話もあったよな。

ともかく、胡散臭い奴だが、何かをくれるという話ならばウェルカムだ。

「それで、何をくれるんだ？」

「逆に問うけど、君は何が欲しい？」

「……アガルタの鍵だな」

ノータイムでそう応じる。

今までは定期的にプレゼントボックスに鍵が届くという形で、あのダンジョンへの鍵を貰うことができていた。

アレだけが俺のアドバンテージだし、これを失うのはぶっちゃけ痛い。

「それについては、特に願わなくても君のプレゼントボックスに定期的に届くよ。今までと変わらずにね」

「どういうことだ？　それをさせないために、お前は俺を襲ったわけだろう？」

「あくまでも正規の手段ではないって意味での粛清だったからね。これについては、何らかの形で僕の嫌がらせを一度でも受けたプレイヤーには公平に与えるようにしている。まあ君がチュートリアルを終了……つまりは全プレイヤーがログインしてから解禁されたルールだけど」

「全プレイヤー？　恵はまだログインしてきてないだろうが？」

「それについては、立場上答えられない」

やはり、いつもの決め台詞で流されてしまった。

まあ、こっちも答えてくれるとは思ってないけれど。

「ええと、ともかくアガルタの鍵はくれるんだな？　それじゃあ……明鏡止水と水慧の魔眼を頼む」

レベル差が30もあれば回避１００％ということだが、同じくらいのレベル帯でも相当な効力が期待できるはずだ。

　これがあれば、香織さんを捕まえている連中を制圧するのに、相当なアドバンテージになるのは間違いない。

「んー。公平性という観点からそれは良くないね。そもそもがアレは本来は同時取得が不可能なスキルだし」

「使えないヤツだな……だったら何だったらくれるんだよ？」

「そうだね。ぶっ壊れ系の良いモノをあげようとするなら……使い道の限られたアイテムやスキルなら僕としてもあげやすいかな。例えば、特定海域の深海の中であれば無敵に近いとか、あるいは半径一メートルの固定された座標であれば不死とかね」

「……マジで使えないな」

「公平性とは、つまりはそういうことだから」

　さて、それならどうしようか。

　ん？　待てよ……？　話を聞く限り、こいつって結構……リクエストには柔軟に答えてくれそうだよな？

　それで、特定の範囲や使い道の限られたアイテムならばぶっ壊れも可能って話だ。

　これってひょっとすると……。

「ええと、水鏡？　今すぐに俺が言うものを用意することはできるか？」

「そりゃあ、褒美としての公平性が担保されるならね」

「それじゃあ――」

そうして、水鏡は俺のオーダーを聞いて「本当に君は面白い。良い選択をするね」と、クックと楽し気に笑ったのだった。

†

それから――。

水鏡から褒美を貰った翌々日。

準備を終えた俺たちは、冒険者ギルド総本部：《暁の旅団》へと殴り込みをかけることになった。

「《暁の旅団》のギルドマスターの安全と居場所を確認。いつでもいけるわよシノブ君」

どうやら香織さんはまだクソ野郎には引き渡されていないらしい。

色々と手間取っている間に、香織さんが酷い目にあっていたら目も当てられなかったからな。

ちなみに、事前調査でツクヨミが密偵で放った影は総数五体。

半日かけて状況を確認したところ、ギルド総本部建物にはレベル99の転生者が二十名となっている。

他のレベル帯の人間はいないらしくて、そこは不思議に思う。

が、まあ……今の俺たちならレベル99の二十名なら問題はないだろう。

ちなみに、アリスはアムロジルドの街の見張り台に張り付かせていて、この距離ならいつでもギルド総本部に対しての狙撃が可能だ。

更にちなみに言うと、水鏡の経験値授与によってアリスのレベルは53となっている。

そして、俺たちがどこにいるかと言うと、ズバリ冒険者ギルド総本部正面玄関前だ。

いや、正確に言うのであれば、ギルドの面している大通りの噴水広場か。

ともかく、やられたらやり返す。

殴られたら殴り返す……それが俺の信条だ。

「やれ、アリス」

すっと右手を上げると同時、冒険者ギルド総本部の正面ドアが木っ端みじんに弾け飛んだ。

アンチマテリアルライフルってのは、元々は対戦車ライフルと呼ばれていたもので、現代の戦闘では塹壕《ざんごう》ごと吹き飛ばすような形でも使われる兵器。

ドアを破壊するなんてのは朝飯前だ。

「何だ、何だ、何だ何だっ!?」

事前調査で転生者の顔は割れている。

出てきた重装備の男は、前衛盾役のレベル99の転生者で、名前は知らない。

と、そこで転生者の男の前にガブリエルが立ちはだかった。

「お前は……っ!?　召喚獣ガブリエルっ!?」

「ええ、おっしゃるとおりのガブリエルでございます」

「あのガキが殴り込みかけてきやがったのか!?　だが、所詮はソロプレイ用の召喚獣だ、本職のレベル99の俺の防御力はお前では抜けな――」

アッパーカット一閃。

スコーンッと、小気味良い音が噴水広場に響き渡り、上空に向けて男が吹き飛んでいく。

うおおおお……飛んだなぁ……。

男は百メートルは打ちあがり、そのまま自然落下に任せて落ちてきた。

そして、落下地点にいるのはやっぱりガブリエルで、彼女は前蹴りでそのまま男をギルドの建物の中へと吹き飛ばした。

「たわらびっ!」

冗談のような奇声をあげて、男はギルドエントランスの壁に激突した。

ピクピクと痙攣《けいれん》をして虫の息のようだから、まあ戦闘不能と言うことで良いだろう。

「どういうことだっ!?」

「中島《なかじま》さんが一撃でやられただと……?」

次々とギルド内から転生者たちが湧いてくるが、その疑問は当たり前の話だろう。


――なんせ、俺らのレベルは125だ。


と、いうのも、水鏡からもらったのはアガルタの鍵が二十本と、それと回復の宝珠。

回復の宝珠については、アガルタ第二階層でのみ使用できるという制約の下で貰ったシロモノとなる。

で、俺が何をやったかと言うと、それはいわずもがな。つまりは――


――魔王ラッシュにおける自爆プレイ。

超高レベルダンジョンってことで、レベリングの効率はそれはそれはエゲツなかった。

オマケに神威解放のスキルまでを使用しているのだから、今のガブリエル、ツクヨミ、そしてケルベロスは……レベル99程度を相手にするなら、羅刹のような力を誇るだろう。

ってことで、俺はわらわらと外に出てきた転生者たちに対して、宣戦を布告した。

「まとめてボコボコにしてやるから、かかってこい三下共っ！」

サイド：篠塚香織

「何が起きている？」

投獄されている地下牢の上階——地上からは悲鳴や炸裂音などの物騒な音が聞こえてきている。

まさかとは思うが……誰かが私を助けに来たのか？

とはいえ、援軍に心当たりはない。

私は五大ギルドのマスターとは言え、少し規律にうるさいところがあって……その結果がこのザマなのだから。

ならば、この戦いの気配は何だ？

ギルド同士の戦争の火種などは、ここ二百年はなかったはずだが……？

怪訝に思案していると、階段から転生者の磯山《いそやま》が降りてきた。

こいつは私と同じ剣士職で……いや、厳密に言えばこいつは私とは違う上級職でソードマスターか。

しかし、レベルは私と同じく99。

ただし、粗暴な性格であることから、私とは常にウマが合わなかった。

「おい、篠塚っ！　あのガキを手配したのはお前だなっ!?」

「あのガキ……？」

飯島君か？

そう思い至り、私は首を左右に振った。

今林さんに目をつけられているのだから、私など捨てれば良いのに……。

そして、どこかでひっそりと暮らせば良いモノを、本当に馬鹿な子だ。

「ともかく、斎藤さんからの命令なんだよ。今林さんに引き渡す前に、あのガキが仕掛けてきたらお前を殺せってな」

「私を殺す……？」

「お前の力は俺たちが誰よりも知っている。不測の事態の最中だと、お前は腹中に抱えた爆弾みたいなもんだからな」

そう言うや否や、磯山は牢の鍵を開くための鍵ではなく、腰の鞘から剣を抜いた。

どうやら、鉄格子ごと切り裂いて中に押し入り、そのまま私を斬る算段らしい。


——磯山の剣を、徒手空拳で対応できるか？


いや、そもそも私は魔封じの縄で縛られている状況で、身動きが取れない。

と、そこでありとあらゆる想定を考え、どうにもならないと私は結論を下した。

しかし、この世界に転生して来てから四百年……か。

長い長い時間だったが、どうやらここらが私の潮時ということらしい。

惜しむべくは、まっとうな手段でログアウトチケットを手に入れることができるアガルタイベント開始まで……残り少しだったということか。

「……家族に会いたいな」

私が誇りにしている家族。

普段は全員が使命に燃えて真面目に警察官をやっている。

職業柄お酒は大好きで、お酒が入ればいつでもそこでは楽しい大宴会の——そんな愉快な空間だった。

もう一度、家族と酒を酌み交わしたい。

この四百年、ずっと黙って思っていた望みが、こんな時になって口に出たことに私は苦笑する。

「なら、会えば良いじゃない？」

甲高い声色と共に、私の影からゴスロリ服姿の少女がヌルリと現れた。

「君は……？」

パチリと指を鳴らすと、縄が解かれる。

そして、少女が再度パチリと指を鳴らすと、私の足下に大剣が現れた。

犬が……剣？

「これはウチのペットの黒い犬の剣よ」

良く分からないことを言う少女だと思っていると、彼女は憂鬱気にため息をついた。

「私自身は本体の影。この次元の戦いでは大した役にはたたないから、戦力としては期待しないで」

「つまり……？」

少女は剣を指さして、コクリと小さく頷いた。

「あとは自力で何とかしなさいってこと」

剣を拾い上げると同時に、磯山に向き直る。

「な――っ!?」

磯山の大上段の打ち下ろしをサイドステップでかわして、袈裟がけに一閃。

悲鳴をあげる間もなく倒れた磯山を見ろしながら、少女に向けて私は言った。

「警視庁剣道大会三連覇、何のことか分かるか?」

「さあ?　分からないし、興味もないわ」

「私の家系は江戸時代から続く剣術屋……転じて警察官の家系でね」

「あら、そうなの?　分かりたくもないし、どうでも良いわ」

「そして私自身のゲーム内での職業はマスターサムライ。まあ、ウチの家は全員が剣道馬鹿で、今も昔も剣の道で飯を食っているわけだな」

「もう、面倒な女ね。どうしても何か感想が欲しいみたいだから言ってあげる……結構なお手前で」

そう言って、少女は肩をすくめたのだった。

サイド：飯島忍

「何だ、何だこいつらっ！」

既にギルドの前の大通り広場には五人ほどの戦闘不能の転生者が転がっていた。

そして、向かい合うのは俺たちと残り十五人の転生者だ。

「飯島君。君は本当に良い度胸をしているようだ。まさか一人で殴り込みとはね」

言葉自体は威勢が良い。

が、現在の《暁の旅団》のリーダーに収まっている斎藤は、明らかに引きつった表情を浮かべていた。

前回とは打って変わり、たった数日で形成が逆転していることは、既にこいつもうっすらとは気づいているのだろう。

「まあ、一人で殴りこんだわけでもないんだがな」

すっと俺が右掌をあげると、斎藤の隣の男が「うぎゃっ！」と汚い悲鳴をあげた。

しかし、アリスもすげえな。

十キロは離れているってのに、ピンポイントで眼球にヒットさせるか。

血を流しながら男は悶絶しているが、どうやら致命傷には至っていないらしい。

が、少なくとも、この戦闘での片目の視力は奪い取ったと判断して良いだろう。

「狙撃だとっ!? ど、どこからだっ！」

「半径二キロ圏内の索敵……それらしい者はいません！」

そりゃあ、二キロ半径にはいないだろう、だって、十キロは離れてるんだから。

そして、アリスの狙撃が続き、男たちの悲鳴がその場に断続的に響き渡る。

「がっ！」

「うぎっ！」

「かはっ！」

次々と右目を押さえ、地面に膝をついていく男たち。


——お見事。


全弾が眼球、それも右目に命中だ。

「なっ！ なっ！ なっ！ なあああああああっ！」

リーダーの斎藤がこの慌てようだから、当然のことながら全ての敵は既に浮足立っている。

「ガブリエル、ツクヨミ、ケルベロス——今だっ！ 畳みかけろっ！」

それを合図に始まる蹂躙劇。

ガブリエルが転生者たちをタコ殴りにし、ツクヨミが死神の鎌をもって戦場を駆け巡る。

そしてケルベロスが三つの頭で三人に噛みつき、ヘッドバンキングよろしく激しく首を振り回す。

「あ、あ、あ、あああああああああああっ！」

そこかしこで響き渡る悲鳴と、血しぶき。

見る間に戦闘可能な人員は数を減らし、アリスの銃も次々と着弾していく。

「な、な、何だこいつらっ！」

「攻撃が当たらない！」

「この犬――まともに剣を食らったのにノーダメージっぽいぞっ!?」

これがレベル125の力か……。

と、自分でもドン引きだ。

いや、神威解放がなければ、恐らくここまで圧倒的にはなってないんだろう。

けれど、やっぱ単純にレベルを上げて物理で殴るって戦法はシンプルに強い。

さて、戦況の優勢は明らかだ。

っていうか、既に全員が気絶してるか、あるいは両手を挙げて降伏の意思表示をしている。

そうして、俺はツカツカと斎藤の眼前まで歩いて行った。

「言ったよな？　お前をぶっ飛ばしにすぐに戻ってくるって」

「飯島君……何だ？　君は何なのだ？　一体君に何が起きたんだ？」

何が起きたかと言われても、レベリングをしていましたとしか言いようがない。

まあ、ちょっぴりチートな経験値の稼ぎ場だったがな。

でも、アガルタレベリングの恩恵を実際に受けてみると、水鏡が俺をチート呼ばわりした理由は分からんでもない。

回復の宝珠がなければ、こんなに簡単にレベリングもできなかったわけだし。

「こ、こ、殺すな！　殺さないでくれっ！」

俺がナイフを取り出した瞬間に、斎藤は必死の形相で涙を流しながら懇願を始めた。

「あんた……前に俺を殺そうとしたよな？」

「す、すまん！　あの時のことは謝る！　もう飯島君のことは絶対に襲わないから――っ！」

「……俺のことは良いとして、香織さんを死ぬよりもつらい酷い目に遭わせようとしたよな？」

「そ、それは今林さんの命令でしかたなく……」

「最後の質問だ。この世界で何人殺した？　転生者も……そうでないものも含めてだ」

　そう言うと、斎藤は何かを考え始めた。

　どうやら、何人殺したかを数えているらしい。

「そ、そ、その……」

「どうした？　何人殺したんだ？」

「……分かりません。十人から先は数えていません」

　と、同時に俺は斎藤の首をナイフで掻っ切った。

　動脈を切ったのか、勢い良くプシュウと血が噴きあがっていく。

　そして、ドサリと斎藤が倒れると同時、小さく俺はため息をついた。

「お前は二度と俺を襲わないと言ったが――すまないな。俺はお前を信用できない」

　それだけ言うと、俺は油紙を取り出してナイフの血糊をぬぐい始めたのだった。

サイド：今林歩

　ラヴィータ皇国皇宮：円卓の間。

円卓を囲んでいるのは、ラヴィータ皇国宮廷を牛耳る《タイガーズアイ》。

そして聖教会を牛耳る《龍の咆哮》。

辺境連合を牛耳る《天翔》。

そして、俺が率いる商業連合を牛耳る《憂国の獅子》。

《暁の旅団》の席については、今回は空席となっている。

いや、あるいは、今後も恐らくはずっと空席のままなのだろうが。

「《暁の旅団》の崩壊だが、件の少年：飯島忍君に潰されたらしいな」

《タイガーズアイ》のギルドマスターはそう呟くと、深くため息をついた。

「正確には内部反乱が起きていたところを、失脚した篠塚香織を助ける形で壊滅に追い込んだらしい。何でもレベル99の転生者二十名を単独で倒したのだとか」

《龍の咆哮》のギルドマスターは、その表情に若干怯えの色が走っている。

「その後、新生《暁の旅団》は神人会議からの脱退を表明し、飯島忍君を内部に取り込む形となった」

《天翔》のギルドマスターは、そこでしばらく何かを考えてから、言葉を続けた。

「いやはや、ここでも議題になっていた噂の飯島忍君だが……ログイン早々にいきなりのビッグルーキーというところじゃないか。で、どうするんですか今林さん？」

「常日頃から現地人の人権について口うるさい女が失脚したということです。喜ばしいことだと思いますが？」

「私が言っているのはそうではない。単独でレベル99の二十名を撃破できる人間と……私たちは貴方の口車に乗って、敵対してしまったのですよ？」

他の二人も俺に抗議の視線を向けてくる。


――しかし、本当にどうしようもない俗物だ。


課金アイテムをいくらか渡す。

そう言っただけで、《暁の旅団》のギルドマスターをこの場で吊し上げ、そして忍を五大ギルドの共通の敵と設定したのはお前等ではないか。

何故に、忍がそこそこ強いと分かった程度で、こうも掌を返すのか。

「まあ、そのことについては新生《暁の旅団》の今後の出方を考えてからということで良いでしょう」

現状、《暁の旅団》にはまともな戦力は残っていないはずだ。

こいつらが恐れているのは、忍を加えた《暁の旅団》が、俺たちの地位を脅かすというその一点。

この連中が忍たちを《警戒対象》から《目の前にある危機》へと見方を変えない限りは、

とりあえず今までの方針を変える必要もないのは最初から決まっている。

と、そこで今回の仕切りであるラヴィータ皇国を統べる《タイガーズアイ》のギルドマスターが口を開いた。

「しかし、この写真——君の義理の娘という話だが……」

「ええ、そうですね。確かに恵は私の義理の娘です」

「『彼女の眼鏡に適うように生きることをお勧めする』と、水鏡は今林さんに伝えたということでしたが……やはり、あれ以降も心当たりはありませんか？」

五大ギルドマスターの内、水鏡が訪ねたのは《暁の旅団》のギルドマスターと俺だけだ。

あのバカ女が、写真のことをこの連中に喋ったものだから、あれ以降はこの会議で必ずと言って良いほど話題に上がる。

全くもって、面倒なことこの上ない。


——知っていたとしても、誰がお前らに教えるものか。


事実、水鏡が最近になってもたらした《アガルタの鍵》について、俺は一切この連中には伝えていないしな。

「まあ、義理の娘が何を意味するかは分かりませんが……ログインすれば分かることでしょう。それについても以前からの取り決めの通り、恵の身柄は私のところへ……ということで」

そうして——。

現地人からの効率的な搾取と、各ギルドの権益の取り分という、いつものとおりの話へ議題は移っていったのだった。

コツコツと廊下を歩く音。

大した議題でもないのに、無駄に会議が長引いてしまった。

《暁の旅団》から引き入れた、低レベルの戦闘奴隷たちをレベル99にするという作業も残っている。

それに何より、アガルタ攻略についても第六階層の壁が中々に抜けられない。

決死隊を組んで、既に十人以上の犠牲者が出ているが、あそこの凶悪な魔物だけは……

本当に頭が痛い。

とはいえ、奴隷はまだまだ他にいる。

トライ&エラーを繰り返せば、必ずや十三階段の制覇は可能だ。

と、皇宮の門を出て馬車に乗り込むところで、側近が私のところに走ってきた。

「アガルタ第六階層……攻略完了ということです」

「達成したメンバーは？」

「冴島率いるレベル99のメンツですね。戦闘技能が特に高い、例の連中です」

「冴島……なるほど、流石は外国人部隊だな」

「ええ、フランス帰りの傭兵連中の一部で、まさかこのゲームが流行っているとは……それと……重要なお知らせがあります」

「何だ？」

「第六階層のクリア報酬で、レベルキャップ解除が確認されました」

「でかした！　存分に労ってやれっ！」

傭兵連中には、俺のポケットマネーから日本円で数十億の報酬を渡すことは確約している。

絶対に裏切らない戦闘能力の高い連中が……レベルキャップまで外したとなると、これはもう天下を取ったも同然だ。

そうして側近と共に馬車に乗り込んだ俺は、難所を乗り越えた高揚感と共に軽く拳を握ったのだった。

サイド:飯島恵

ここは……どこ?

あの日——。

全てが炎に包まれたあの日。

お兄ちゃんが私を抱いて、そのままマンションから飛び降りて——。

それからどうしたんだっけ?

体を動かそうとするけど……動かない。

ぼんやりとした視界には夜なのか薄暗い視界、そして鼻につく消毒液の香り。

モニターや点滴が見えるし、ここは……病院なのかな?

けれど、私はこれが夢だと気が付いた。

だって、夜中の病院にパーカとジーンズの男の人がいるんだもん。

しかも、私が寝ているここって個室っぽいし。知らない人が病室に入ってこれるわけがない。

でも、この人……眼帯をしてるけど、目が悪いんだろうか?

それで……銀髪?

うん、やっぱり夢だ。

こんな芸能人みたいな綺麗な顔の人が、夜の病室に一人で立ってるとかやっぱり意味分かんないもん。

すると、男の人は私の耳元に口を近づけて、そっと呟いた。

「安心して。君のお兄ちゃんは元気だし……君のお兄ちゃんならきっとこの世界に戻ってこれるから」

そして男の人が私の額に掌を伸ばしてきて――。

「さあ、もう眠ろう。君のお兄ちゃんなら、アガルタに呑まれることはない。《観測者》として僕はそう思うよ」

ビリッと、頭に何かが流れてきて、私はそのまま意識を失った。

そして最後に、こんな声が聞こえた。

「――僕にもう一度チャンスをくれてありがとう。恵さん」

エピローグ ～されど召喚士は次なる死地へ～

冒険者ギルド総本部：《暁の旅団》。

いつものようにエントランスの酒場で飯を食っていると、香織さんが興奮した様子でこちらに向かって走ってきた。

「凄いぞ忍君！　ウチのギルドに入りたいという者が押し寄せてきている！」

「ああ、そりゃあおめでとうございます。冒険者ギルドの運営って結構儲かるんですよね？」

「そうではない！　転生者ギルドのほうだ！」

ギョッとした様子で、他の転生者たちの視線が香織さんに一斉に向いた。

ちなみに、俺はしばらくは香織さんのところで厄介になることになってる。

と、それはさておきこの人が疎まれる理由は規律に厳しいだけではなく、こういうところにもあるように思う。

つまりは、わざわざ転生者って、大声で言わなくても良いだろうよ……と。

まあ、猪突猛進スタイルなこの人の、そんなところが良いところでもあるんだが。

「でも香織さん、どうして転生者ギルドに希望者が？　主力はほとんどクソ野郎……いや、商業連合の《憂国の獅子》に取られたんでしょう？」

「全ては君の評判だよ。レベル99の二十名と正面切って一人で殴り合ったって、ほとんど伝説のような状況になっているんだ」

うーん。

これは少し目立ちすぎてしまったようだ。

まあ、今更コソコソと隠れたりする気もない。

香織さんのギルドが戦力強化を図れるなら、それは喜ばしいことなんだけどさ。

「で、香織さん。お願いしていたアレなんですが……」

「ああ、これのことだな」

と、香織さんは恵に良く似た女性の写真を差し出した。

ちなみに、以前に見せてくれた恵の写真とコレは別のものだ。

そっちについては、水鏡から『ある事件』の褒美ということで貰ったらしい。

曰く、『君なら彼女の眼鏡に適っているので、そのままの貴女でいることをお勧めする』

ということだった。

水鏡はクソ野郎には違う言葉を言ったらしいが、それはさておき。

この世界では貴族諸侯の間では、魔法写真というものが存在する。水晶玉だったり、魔力を帯びた板だったり、あるいは紙だったり。

まあ、魔法写真の素体が紙なら、そのままの意味で現代日本でいうところの、写真みたいなシロモノだ。

で、水鏡の持ってきた写真とは違う、この世界の魔法写真を眺めながら、俺は何とも言えない表情を作る。

「しかし、本当に良く似ていますね……で、所在は掴めたんですか？」

兄妹の俺でも、恵なのかどうなのかイマイチ判断がつかない具合だ。

水鏡の残した『ログインと同時に恵が死亡する』という言葉が気がかりだし、この写真を見た瞬間に、これは調べなければならないとなるのは当たり前の話だった。

「南にある世界一の港町：アブラシルに住む天才魔法使いということらしいな」

「南……アブラシル？　それってひょっとして……？」

嫌な予感と共に尋ねると、香織さんもまた陰鬱な表情で応じてきた。

「――商業連合：《憂国の獅子》のその本拠地。つまりは、今林さんの牙城だ」

さて……と、俺はそこで覚悟を決めた。

――どうやら、遂にクソ野郎とご対面の局面に入ってきたらしい。

あとがき

と、いうことで2巻です。如何だったでしょうか？

しかし、GCN文庫様の母体（？）でもあるGCノベルズ様が8周年ということですね。ただ長く続いているだけではなく、『転生したらスライムだった件』という大名作を筆頭に、ネット小説発のヒット作を数々生み出し、レーベル自体の爆発的な成長と快進撃を重ねつつ歩んできた8年かと思います。

色々と大変なこともあったとは思いますが、とにもかくにもおめでとうございます。

と、ここまで書いていて思ったのが、私自身もかれこれマイクロマガジン社様とは6年くらいのお付き合いになりますね。

本当に長いことお世話になっているなーと。

この6〜8年を思い起こせば、数々の過去の業界ニュースが頭を巡ってきたりして、色々と感無量です。

特に最近はネット小説界隈を取り巻く環境が激動の時代ということで、更に言えば電子書籍への移行など、本当に景色は一変しちゃったなーとか。

昔はネットで書いてても書籍化を経由せずに作者にお金が入ってくることはロクに無かったんですけど、最近は広告収入還元型サイトが台頭してきていて、これって今後ＰＶだけで数百万円以上稼ぐ人出てくるんじゃないの？　と、そんな勢いのある作家さんや作品もチラホラ見かけて、本当に時代は変わったなーとか。

ひょっとすると、書籍版打ち切りになったとしても、更新続けているだけで作家の生活費が稼げるようになる時代もその内きちゃうかもしれないとか。

それと、サイトごとに人気作品の傾向が違って『面白ければランキングに必ずしも打ちあがるわけではない』ということが事実として観測できて、中々に興味深いです。

同じ作品でもサイトによって人気出たり、全く読まれなかったりしますしね。

これは大判・文庫・コミック……もっと言えばレーベル単位でも売れるものが違うという現象とも根っこのところは同じなのかなとか。

そういえば、ガラケーからスマホに移り変わるのも、似たような期間の６〜８年くらいで、いつの間にか全員がスマホ持ちになったりしましたね。

やはり、５年、10年っていう期間は一つの時代の区切りのレベルと言えるような長い長い期間なんだなと。

それで、ここまで書いていて気づいたのですが、過去を振り返って昔を懐かしんだり、最近の状況に驚いたりで非常に『おじさまおばさま』っぽいことを言っているなと（笑）。

仕事柄、若い感性というのはいつまでも必要だと思うので、どれだけ体が老化したとしても、気持ちだけは若いままに向上心と危機感をもって色々とチャレンジしていきたいです。

そういえば、チャレンジという意味では、最近は webtoon の企画を作って『あーでもない、こーでもない』と色んな編集さんと日々悪戦苦闘してたりします。

他にもコミカライズ作品で脚本書下ろしとか、一旦小説になったシナリオのセルフリメイク&脚本とかやってたりもしたり……。

最近、ネット小説界隈では名前聞かないけど……この人何やってるの？　と、ご興味ある方はツイッターに白石新で存在しているので、そちらをチェックしていただければなと。

まあ、これから先も何とかエンタメ業界と関わっていきたいなと思っているので、色々と勉強したり戦略を練ったりしている感じですね。

他にもやっぱり10年近い時間経過って大変なことなので、時代に合わせて自分もシナリオ制作技術を、アマチュアに戻った気持ちで一からやり直しするつもりで基礎から学びなおしたりしないとなーとか。

と、まあそんなこんなで、ＧＣノベルズ様が8周年ということで昔を懐かしみながら、そしてこれから先の時代のことに思いを馳せながら、とりとめもなく頭の中のことを文字に起こしました。


最後に謝辞です。

イラスト担当の夕薙様。

今回も美しいイラストで飾っていただきありがとうございます。

個人的に、今巻登場の水鏡さんのデザイン見た時にめちゃくちゃテンション上がりました。

やっぱり上手いなーと、思わずその場で唸ってしまったり（笑）。


担当編集者様。

いつの間にか長い付き合いになりましたね。これまでありがとうございました。今後ともよろしくお願いいたします。

ファンレター、作品のご感想をお待ちしています!

【宛先】
〒104-0041
東京都中央区新富1-3-7　ヨドコウビル
株式会社マイクロマガジン社
GCN文庫編集部

白石新先生 係
夕薙先生 係

本書はWEBに掲載されていた物語を、加筆修正のうえ文庫化したものです。

GCN文庫

レベル1から始《はじ》まる召喚無双《しょうかんむそう》
～俺《おれ》だけ使《つか》える裏《うら》ダンジョンで、全《すべ》ての転生者《てんせいしゃ》をぶっちぎる～ ②

2022年8月27日　初版発行

著者　白石新《しらいしあらた》

イラスト　夕薙《ゆうなぎ》

発行人　子安喜美子

装丁　AFTERGLOW
DTP／校閲　株式会社鷗来堂

印刷所　株式会社エデュプレス

発行　株式会社マイクロマガジン社
〒104-0041 東京都中央区新富1-3-7 ヨドコウビル
[販売部] TEL 03-3206-1641／FAX 03-3551-1208
[編集部] TEL 03-3551-9563／FAX 03-3297-0180
https://micromagazine.co.jp/

ISBN978-4-86716-327-6 C0193

這《は》い上がれ
護るために——
第四階梯魔法
駆《か》け上がれ
傍《そば》にいられるように
熾天使の葬送《セラフィムコール》!!
カウントがゼロになる時恵もこの世界へ来てしまう
あの男は何者だ…!?

最弱から最強へ――
お前を倒せるまで何度だって死んでやるよ…!!